FLORALIES

QUAND LE CŒUR S'ÉVEILLE...

DU MÊME AUTEUR

A la librairie Jules TALLANDIER

Dans la même collection :

Le Talisman de la Rani.
Le Portrait de Lady Gwendoline.
Cœurs éprouvés.
La Princesse des îles.

COURTHS-MAHLER

QUAND LE CŒUR S'ÉVEILLE...

LIBRAIRIE JULES TALLANDIER
17, rue Remy-Dumoncel PARIS (XIVe)

Ce roman a paru en langue
allemande sous le titre :

DAS FINDELKIND VON PARADISO

Quand le cœur s'éveille...

CHAPITRE PREMIER

Le passeur interrompit sa lecture pour jeter un regard sur la rive. Mais aucun piéton, aucune voiture ne réclamait pour le moment ses services. A cette heure de la journée, le trafic sur le bac était peu intense : le passeur mettait à profit ces brefs instants de répit pour poursuivre des études.

Une atmosphère paisible régnait sur le fleuve. Seul le bruissement de l'eau, venant du barrage situé à quelques centaines de mètres en aval, meublait le silence de cette matinée de septembre. La douce mélodie des flots était l'accompagnement fidèle des jours monotones dont était tissée l'existence laborieuse de Jean Monier.

Aux heures d'affluence, le bac ne cessait de passer des ouvriers, des employés et des hommes d'affaires : tous se dirigeaient vers les usines des Sociétés Chimiques Réunies, dont les imposants bâtiments se dressaient à environ dix minutes de là. Jean aimait le fleuve et la mélopée mystérieuse des eaux contre le barrage, il aimait jusqu'au grincement de la poulie qui glissait sur le câble tendu au-dessus du bac. Il n'était pas de ceux qui se révoltent vainement contre un destin trop médiocre : il accomplissait avec sérénité ses fonctions de passeur.

Cependant, sa silhouette — pleine d'une distinction innée, élégante, presque malgré le simple pantalon de toile bleue et la chemise d'une teinte délavée ouverte sur la poitrine, — était certes inattendue sur le banc de bois placé à l'entrée du bac. En effet, le front, large et légèrement bombé, couronné d'une abondante chevelure blonde, les yeux d'un bleu-gris où se lisait une intense vie spirituelle, révélaient un intellectuel.

Le libraire de la ville la plus proche était peut-être le seul à savoir que cette apparence correspondait à une réalité. C'est dans sa boutique que Jean passait ses jours de congé, c'est dans sa caisse que disparaissait la majeure partie des économies du jeune passeur. Quand les portes de l'usine se fermaient, quand le dernier ouvrier était descendu du bac, Jean infatigable, se réfugiait dans sa maisonnette de bois près de son poste, et après un frugal repas, se remettait à ses études. Il lui arrivait plus d'une fois de ne refermer ses livres et ses cahiers qu'aux premières lueurs de l'aube.

Certains jours, cependant, le découragement le gagnait. Il avait atteint déjà sa vingt-troisième année. A cet âge, les jeunes gens des classes pourvues de fortune entrent dans une carrière librement choisie. Dans deux ou trois ans, ses économies lui permettraient sans doute de prendre quelques mois de congé pour passer des examens à la Faculté. Mais le jeune passeur n'était pas sans savoir que son projet soulèverait des difficultés de toutes sortes, lorsqu'il faudrait le réaliser.

Le ronflement d'un moteur, s'amplifiant d'une

seconde à l'autre, vint troubler soudain le silence. Jean Monier leva le regard, referma le livre qu'il posa sur le banc et se redressa vivement. La main sur la chaîne, il attendit que la voiture s'engageât sur le bac pour le mettre en marche.

Tout à coup, Jean fronça les sourcils. Le conducteur de la voiture, au mépris de la prudence la plus élémentaire, négligeait de ralentir son allure en s'approchant du bac. De loin, le chauffeur, l'air effrayé, cria quelque chose à l'adresse du passeur, mais celui-ci ne put distinguer ses paroles. L'auto roula à toute vitesse jusqu'au bac, vint heurter la chaîne de clôture qui se rompit sous le choc et, sans interrompre sa course fatale, elle se précipita dans la rivière.

Jean avait eu juste le temps d'apercevoir dans la voiture découverte, derrière le chauffeur, une jeune fille soudain dressée, les yeux agrandis par l'épouvante. L'instant d'après, l'eau avait englouti l'auto et ses deux occupants.

Le passeur n'hésita pas. Après s'être promptement déchaussé, il s'élança à son tour dans le fleuve, exécutant un plongeon digne d'un maître de natation. L'espace d'une seconde, la silhouette frêle de la jeune fille revint à la surface, mais elle fut aussitôt entraînée par le courant, vers les eaux tumultueuses qui tourbillonnaient autour du barrage. Jean savait trop bien qu'une fois prise dans les remous de la chute, la jeune fille serait perdue.

Déjà le chauffeur surnageait à son tour, tout près du bac. Désespérément il cherchait à se cramponner à la planche la moins haute. Mais force fut à Jean de l'abandonner momentanément à son sort pour se porter immédiatement au secours de l'autre victime et essayer de la soustraire à une mort qui semblait certaine.

En quelques brassées vigoureuses et rapides, le passeur atteignit la jeune fille dont le corps inerte était balloté par les flots comme un fétu de paille. Bien qu'à demi inconsciente, la jeune fille essaya, instinctivement, de se cramponner à son sauveteur, mais celui-ci, pour éviter leur perte à tous les deux, l'écarta doucement puis, la tenant par son manteau, il s'efforça de s'éloigner du barrage où le courant avait entraîné la noyée. La tâche était ardue et Jean sentait par moments que, malgré tous ses efforts, il restait sur place. A plusieurs reprises même, il fut rejeté en arrière par une force contre laquelle ses muscles violemment tendus étaient impuissants. Il finit cependant par gagner la rive à quelques pas du bac. Il monta le premier sur la berge et il attira énergiquement à lui la victime qui, entre-temps, avait complètement perdu connaissance.

Jean prit alors la jeune fille évanouie dans ses bras, comme il l'eût fait d'un enfant, et il l'étendit avec précaution sur un banc de l'embarcation. Il put enfin se porter au secours du chauffeur. Celui-ci, qui s'était cramponné au bord du bac, cherchait en vain à y monter. Son costume de drap épais imprégné d'eau et ses lourdes bottes rendaient vains tous ses efforts.

Se coucher à plat ventre sur le plancher du bac et aider le pauvre homme à se hisser à la surface fut l'affaire de quelques minutes. Bientôt la seconde victime de l'accident s'effondrait sur un banc voisin. Son état n'inspirait d'ailleurs auncune crainte et Jean put retourner auprès de la jeune fille qui ne donnait toujours pas signe de vie.

Tout ruisselant d'eau et encore exténué par l'effort

qu'il venait de fournir, Jean n'en poursuivit pas moins son œuvre de sauvetage. Avant tout, il déboutonna le manteau de fin lainage de la jeune fille. Sa robe laissait libre le cou et ne gênait pas les mouvements de respiration artificielle que Jean fit exécuter méthodiquement à la noyée.

Au bout de quelques minutes, l'inconnue ouvrit ses yeux dont le regard sombre et velouté se posa sur Jean. Une émotion jamais encore ressentie s'empara alors du jeune homme.

— Où suis-je ? Qu'est-il arrivé ? demanda-t-elle en anglais.

Jean sourit. Comme il se félicitait à ce moment d'avoir consacré tant de veilles à l'étude de la langue de Shakespeare !

— Un petit accident, mademoiselle, répondit-il également en anglais. Vous avez bu un peu d'eau. Comment vous sentez-vous maintenant ?

Elle se redressa avec l'aide de Jean et jeta autour d'elle un regard effrayé. L'eau s'écoulait de ses vêtements, formant une petite flaque au pied du banc. Elle frissonna. A nouveau, Jean la prit dans ses bras et il dit au chauffeur de le suivre.

— Avant tout, il vous faut des vêtements secs, à tous les deux, et aussi une boisson chaude. Pour le reste, on verra bien.

Le ton sérieux sur lequel Jean avait prononcé ces paroles le surprit lui-même. D'un pas rapide, il porta la jeune fille dans sa maisonnette de bois qui se composait de deux pièces et d'une petite cuisine. Après avoir déposé son fardeau dans un fauteuil de rotin, il dit, embarrassé :

— Je ne pourrai guère vous offrir que du linge et des robes qui viennent de ma mère. Tout cela sera bien trop large pour vous, mais c'est propre et sec, et c'est l'essentiel.

Jean ouvrit une commode et en retira quelques effets, sans oublier bas et chaussures. Il posa le tout sur une chaise et il y ajouta deux grosses serviettes-éponges.

— Vous sentez-vous assez forte pour vous sécher et pour vous changer de vêtements sans être aidée ? demanda-t-il.

La jeune fille fit oui de la tête, en réprimant un nouveau frisson. Vivement, Jean sortit de la commode un pantalon bleu, pareil à celui qu'il portait, une chemise et une serviette, qu'il tendit au chauffeur.

— Passez dans la pièce voisine, dit-il. Je vous suis dans un instant.

Et, se tournant vers la jeune fille :

— Lorsque vous serez prête, mademoiselle, vous n'aurez qu'à appeler.

Il tira encore le verrou de la porte d'entrée et, prenant enfin des effets de rechange pour lui-même, il quitta la pièce. Dans la petite chambre à coucher, le chauffeur avait déjà changé de costume. Tout en se débarrassant de ses vêtements trempés, Jean écoutait ses lamentations.

— Quelle sale affaire ! Vous parlez d'une bagnole ! Des changements de vitesse détraqués et des freins qui ne fonctionnent pas. Ils se fichent du monde, ma parole. Ce n'est pas dommage qu'elle soit dans l'eau, c'est tout ce qu'elle méritait.

— La voiture ne vous appartenait donc pas ? demanda Jean.

— Pensez-vous ! Une bagnole dans cet état ? J'en aurais honte !

— Etait-elle la propriété de cette jeune fille ?

— Non plus. Son père, un Américain, a pris la voiture en location pour quelques jours. Comme je ne suis employé dans le garage que depuis une semaine, c'est à moi qu'ils ont refilé cette bagnole. On s'était contenté de passer une couche de peinture pour faire neuf. Mais le plus fort de tout, c'est qu'en principe je suis responsable de l'accident. C'est toujours comme ça, dans ces boîtes. Quand quelque chose arrive, c'est le chauffeur qui trinque. Dans le meilleur des cas, je perds ma place.

— Vous êtes en vie, c'est déjà appréciable, observa Jean. Au besoin, je témoignerai en votre faveur. J'ai bien vu que vous essayiez de m'avertir au dernier moment.

— Bien sûr ! J'ai crié : « Les freins ne marchent pas ! »

— A vrai dire, même si je vous avais entendu, je n'aurais guère pu vous venir en aide.

— Quelle sale affaire ! marmonna encore le chauffeur. Si l'Américain s'était douté de la chose, il ne m'aurait pas fait conduire sa fille à l'usine. Sans vous, nous ne serions plus de ce monde, ni l'un ni l'autre. Mais au fait, je ne vous ai même pas dit merci. Alors, merci pour moi, pour ma femme et pour mes deux gosses... Sale affaire, quand même !

Les deux hommes avaient endossé des vêtements secs, absolument identiques. Mais combien ils étaient différents ! En face du chauffeur au dos précocement voûté, à la poitrine cave, aux traits grossiers, Jean, avec sa silhouette harmonieuse de jeune sportif, faisait penser à un prince déguisé en mécano pour quelque mascarade. Le moindre de ses gestes était empreint de cette distinction qui était la principale caractéristique de sa personnalité.

Jean passa dans la cuisine et, après avoir mis les vêtements à sécher, il s'affaira autour du fourneau pour préparer une infusion. Bientôt, un léger coup à la porte de la chambre lui apprit que la voyageuse était prête à son tour.

Il ouvrit et il se trouva en face d'une jeune fille dont le corps menu disparaissait dans une ample robe de cotonnade. Les cheveux bruns commençaient à former des bouclettes autour d'un visage dont la beauté délicate était rendue plus émouvante encore par la pâleur du teint.

— Quel délice de pouvoir enfiler du linge sec, dit-elle en se forçant à sourire.

— Passez-moi vos vêtements, mademoiselle, je vais les mettre dehors sur le fil de fer, dit Jean en essayant de dissimuler son trouble. Asseyez-vous sur ce divan, vous devez vous sentir fatiguée.

— Quelle aventure effroyable ! murmura la jeune fille. Sans vous... mon Dieu !

— N'y pensez plus, dit Jean en saisissant ses mains dans un geste spontané.

— En tout cas, je n'y étais pour rien, dit le chauffeur en surgissant sur le seuil. Vous avez bien vu que j'ai essayé d'arrêter la voiture. Vous parlerez bien en ma faveur, n'est-ce pas ? Je suis père de famille, et je risque gros dans cette affaire. On pourrait me faire payer la casse.

Le regard de la jeune fille exprimait une sincère compassion.

— Rassurez-vous, dit-elle. Mon père fera le nécessaire pour vous épargner des ennuis.

Jean, qui avait disparu dans la cuisine, revint

porteur d'un plateau chargé de trois tasses, d'une théière, d'un sucrier et d'un plat plein de tartines beurrées. Il disposa le tout sur la toile cirée qui couvrait la table en guise de nappe. D'un placard, il sortit encore une bouteille de rhum et des verres. Il servit le thé avec des gestes qui ne manquaient pas d'adresse. Ne faisait-il pas lui-même son ménage depuis plusieurs années ?

— Il faut vous restaurer, mademoiselle, pour récupérer vos forces, dit-il. Je ne puis vous offrir que peu de choses, mais cela vous fera sûrement du bien après cette émotion. Vous avez passé quelques minutes peu agréables...

— Et vous, monsieur ? fit la jeune fille. Vous avez encore plus besoin de vous remonter que nous. Le sauvetage n'a pas été facile.

— Oh, fit Jean en présentant le plat, moi l'eau, cela me connaît !

Il ne parvenait pas à détacher les yeux de cette radieuse apparition qui était là, devant lui, comme surgie d'un rêve. La méchante robe de cotonnade ne détruisait pas la grâce juvénile de l'inconnue.

— Comment pourrai-je avertir mon père qui est à l'hôtel ? dit la jeune fille. Vous n'avez pas le téléphone, ici ?

— Non, mais à quelques centaines de mètres de la maison, il y a une auberge d'où l'on peut appeler. Malheureusement, je ne dois pas m'absenter, car j'ai la charge du bac. Mais votre chauffeur le fera bien. Quant à vous, il vaut mieux ne pas vous montrer dans cette tenue.

La jeune fille regarda sa robe en riant.

— Je crois qu'aucune robe ne m'a fait autant de plaisir que celle-ci, dit-elle. Mais réflexion faite, il ne faut pas que le chauffeur téléphone à papa. En entendant parler d'un accident, il me croirait morte. Il est si nerveux !

— Dans ce cas, je vous proposerai autre chose. Si vous écriviez à votre père un mot que le chauffeur lui porterait à l'hôtel ? Vous pourriez lui demander des vêtements de rechange et une autre voiture pour vous ramener en ville. Il est vrai que cela vous obligerait à attendre ici une heure ou deux, ajouta-t-il, embarrassé.

— Tant mieux ! s'écria la jeune fille. Je suis très bien chez vous... Si toutefois, je ne vous gêne pas.

— Je vous prie de disposer de cette maison comme si c'était la vôtre, dit Jean en rougissant.

La pensée que sa modeste maison de passeur pourrait être la demeure de cette fée d'un pays lointain lui parut saugrenue.

Cependant la jeune fille prit la feuille de papier et le stylo qu'il lui tendit et elle traça quelques lignes où il était surtout question du magnifique courage du passeur du bac.

Et en remettant l'enveloppe au chauffeur, elle lui dit :

— Surtout n'oubliez pas de rassurer mon père sur mon état.

Le chauffeur regardait, perplexe, ses pieds nus.

— Je vais vous trouver une paire de chaussures, dit Jean.

Il tira du bas de l'armoire deux paires de sandales, une pour le chauffeur, l'autre pour lui-même. Il eut honte tout à coup de s'être montré nu-pieds à la jeune fille.

— Excusez-moi de ne m'être pas présenté plus tôt,

dit-il après le départ du massager. Je suis Jean Monier.

— Et mon nom est Mildred Warren, lui répondit la jeune fille.

— Maintenant que le chauffeur n'est plus là, nous pourrions peut-être parler en anglais, proposa Jean. Cela vous sera plus facile, et quant à moi, un peu d'exercice ne me ferait pas de mal, ajouta-t-il en souriant.

— C'est vrai, je vous ai déjà entendu prononcer quelques mots dans ma langue. C'est curieux ! Vous parlez tout à fait bien. Avez-vous appris l'anglais en Grande-Bretagne ou aux Etats-Unis ?

— Dans aucun de ces deux pays, miss Warren. Je n'ai jamais quitté mon pays. Par contre, j'ai des livres.

— C'est extraordinaire.

— Vous vous étonnez sans doute qu'un simple passeur puisse être ainsi. Voyez-vous, j'ai passé mon baccalauréat, il y a quelques années, et seule la mort de mon oncle qui m'élevait m'a empêché d'aller dans une faculté.

Mildred Warren ne répondit pas. D'un air grave, elle fixait le jeune homme. Un vague souvenir, qu'elle ne parvenait pas à préciser, surgit dans sa mémoire. Ces yeux gris au regard pénétrant, ce menton énergique, ce front large et beau lui rappelaient irrésistiblement quelqu'un. Mais qui ?

— Et maintenant, vous êtes résigné à passer votre vie sur ce bac ? demanda-t-elle, songeuse.

— Oh non ! miss Warren. Ce n'est que provisoire. Quand j'aurai assez d'argent, je prendrai le temps de préparer mes examens. Qui sait, peut-être me serait-il donné un jour d'embrasser une autre carrière.

Pourtant, à franchement parler, mon travail actuel ne me déplaît pas. Tenez, ce fleuve dont le chant rythme mes rêves est mon plus cher compagnon et le grondement des eaux près du barrage est le constant avertissement des dangers et des difficultés qu'il me faudra encore affronter dans la vie... Oh, pardon, mademoiselle, je vous importune de mes confidences.

D'où lui était donc venu ce besoin de s'ouvrir à une jeune fille inconnue ? Jean se tut soudain en rougissant.

— Mais non, monsieur Monier, vous ne m'ennuyez pas du tout... Comme c'est curieux ! Vous me rappelez quelqu'un d'une façon étonnante. Surtout lorsque, en parlant, vous rejetez la tête en arrière et plissez le front, ce qui donne à votre visage une expression grave et soucieuse.

— Vraiment ? fit Jean surpris. Mais au fait, il faut que je vous laisse, miss Warren, pour retourner sur le bac. Je dois vous dire adieu, car il se peut que votre père vienne vous chercher avant mon retour.

Mildred lui lança un regard plein de reproches.

— Vous ne supposez pas que je partirai avant que vous soyez revenu ? Et mon père tiendra sûrement à vous remercier personnellement de ce que vous avez fait pour moi.

— Je serai content de vous retrouver ici, mais non pas certes pour recevoir des remerciements. Je n'ai fait que mon devoir.

Le passeur s'éloigna en hâte.

CHAPITRE II

Mildred resta seule. Par la fenêtre, elle voyait flotter sur un fil de fer ses vêtements trempés. Elle se remémora les instants terribles où elle avait senti la mort la frôler, et un long frémissement la parcourut. Les yeux fermés, elle évoqua l'image de son sauveteur, tel qu'il lui était apparu, penché au-dessus d'elle, alors qu'elle revenait à la vie, et son cœur se mit à battre plus fort. Etait-ce la joie de vivre, la reconnaissance pour celui qui l'avait arrachée au danger ou quelque autre sentiment nouveau ? Elle ne le savait pas elle-même.

Elle se mit à feuilleter les livres placés sur la table de travail. Des manuels de science voisinaient avec quelques volumes de poésie et des méthodes de langue anglaise. « Un singulier passeur », se dit-elle. Et de nouveau revint l'obsession de cette ressemblance troublante, le besoin d'opposer au visage de Jean un autre visage, resté insaisissable, s'imposa à elle.

Au-dessus du bureau, un portrait de petites dimensions représentait une femme encore jeune, vêtue à l'ancienne mode. « La mère de Jean », se dit Mildred. Elle chercha du regard le pendant de ce portrait, curieuse de voir la physionomie du père du jeune homme.

Tout à coup, elle se souvint que Jean avait fait allusion à la mort de son oncle qui l'avait élevé. Sans doute avait-il perdu son père de bonne heure, alors qu'il était un jeune enfant.

Mildred alla vers la porte ouverte et scruta du regard le bac qui avait gagné entre-temps la rive opposée. Le passeur était occupé à détacher le câble par lequel il avait remplacé la chaîne rompue au cours de l'accident. Les voyageurs descendaient du bac, qui attendit encore une voiture venant en direction du fleuve.

Avec un mouvement d'impatience, Mildred rentra dans la maison. Le temps lui paraissait long.

— Je vous croyais déjà partie, dit Jean en revenant.

Mildred se sentit rougir sous son regard. Elle regretta de devoir se montrer dans cet accoutrement grotesque : le jeune passeur devait la trouver bien laide.

— Je me fais des reproches de vous avoir laissée seule dans cette maison froide, dit Jean. Il serait bien étonnant que vous n'emportiez pas un gros rhume de cette aventure. Si vous étiez venue avec moi sur le bac, le soleil vous aurait réchauffée. Mais je n'ai pas osé vous le proposer, étant donné votre mise.

— Je dois être affreuse à voir, murmura Mildred en se regardant dans une glace.

— Affreuse ? répéta Jean indigné. Comment pouvez-vous ?...

Il n'acheva pas sa phrase. Comment lui aurait-il dit qu'il la trouverait ravissante, quelle que fût sa mise ?

Il se tut, n'ayant ni le don, ni le goût des compliments.

— Votre mère ? demanda Mildred en désignant le portrait.

Il acquiesça de la tête.

— Je me souviens à peine d'elle, mais je sais qu'elle a beaucoup souffert pour moi et à cause de moi.

Mildred n'insista pas. Elle sentit qu'en évoquant le souvenir de sa mère, elle avait avivé une plaie dans l'âme du jeune homme.

Maintenant, le bac était de nouveau vide. Jean conduisit Mildred vers un banc, et ils s'assirent tous deux au soleil, face au barrage.

— Entendez-vous ce tourbillonnement furieux des eaux entravées dans leur course ? dit-il. La chute a menacé votre vie, comme elle menace la mienne en voulant m'enchaîner ici. Car ce fleuve me fascine, je l'avoue. Il faut pourtant que je le quitte un jour.

— Il le faut, répéta Mildred avec conviction. Votre place n'est pas sur ce bac.

Et après un bref silence :

— Je ne comprends même pas comment il se fait que vous soyez ici. Je manque sans doute de discrétion en vous posant cette question, mais, dans mon pays, nous parlons beaucoup plus nettement que vous autres, habitants du Vieux Continent.

— Non, miss Warren, l'idée ne me viendrait pas de vous accuser d'indiscrétion. Si je l'osais, j'y verrais bien plutôt une preuve d'amitié.

— C'est ainsi que je vous prie d'interpréter ma curiosité.

— Eh bien, c'est très simple. Mon père a abandonné ma mère alors que je n'étais pas encore né. Je ne l'ai jamais connu. C'est tout juste si j'ai conservé quelques vagues souvenirs de ma mère, morte bien jeune. J'ai été recueilli par un frère de ma mère. Le dernier désir de celle-ci fut qu'on me donnât la possibilité de m'instruire. Mon oncle, qui était passeur de ce bac, dut faire des sacrifices inouïs pour exaucer le vœu de sa sœur qu'il chérissait par-dessus tout. J'ai été élevé dans un lycée, comme un enfant de riche ! Puis mon oncle est mort : je suis resté seul et sans ressources. Alors, j'ai succédé ici à celui qui fut pour moi mon véritable père. Vous voyez que mon histoire est bien banale.

— Oh, non ! dit Mildred avec chaleur. Votre histoire est triste et belle. Mais vous n'avez pas perdu l'espoir de suivre un jour une vraie vocation ?

L'expression d'amertume s'évanouit sur le visage de Jean.

— Certainement pas, miss Warren. Un jour, je serai chimiste, je me le suis juré.

— Chimiste ? C'est curieux, fit Mildred. C'est la spécialité de mon père. Il est directeur d'une maison de produits chimiques, aux Etats-Unis. Ma mère était Française comme vous, et en somme votre langue est aussi ma langue maternelle. Je la parle bien mal, j'ai donc été contente de pouvoir accompagner mon père en France.

— Pour votre père, cela doit être un voyage d'affaires ?

— Oui, il se propose entre autres dispositions de rencontrer le directeur des Sociétés Chimiques Réunies. J'avais rendez-vous avec lui à onze heures dans le bureau du directeur, mais comme j'avais terminé mes courses dans les magasins dès dix heures, je me suis fait conduire à l'usine. La conférence que mon père avait ce matin à l'hôtel ne doit pas être terminée et le chauffeur le trouvera sûrement... Mais que voulez-vous faire de cette perche ?

Jean sourit.

— Cette perche à crochets, que les mariniers appellent la gaffe, va me servir de canne à pêche.

— Vous voulez pêcher ? dit Mildred étonnée.

— Et oui ! L'eau est devenue plus claire et, depuis un moment, on peut voir votre auto au fond du fleuve. Je viens justement de remarquer sur la banquette votre sac à main. Ce serait dommage de le laisser là.

Jean se coucha en avant du bac et plongea la gaffe dans l'eau, sous l'œil amusé de Mildred. Une minute après, il retirait triomphalement le sac à main.

— Oh, il ne contient pas grand-chose, dit la jeune fille. C'est mon père qui garde mon passeport.

Elle ouvrit le sac et en retira un petit portefeuille si bien fermé que son contenu était à peu près intact. Mildred voulut placer sur le banc les billets de banque à peine humides, afin de les sécher au soleil.

— Vous n'y pensez pas, miss Warren, dit Jean. La moindre brise emporterait ces papiers. Nous allons les sécher à la maison.

Ils rentrèrent dans la maisonnette et Mildred étala les billets sur la table.

— C'eût été dommage de laisser le sac dans l'eau, fit observer Jean. Vous avez là plusieurs milliers de francs.

— Est-ce beaucoup d'argent ? demanda Mildred, surprise.

— Cela vous paraît peut-être peu important, mais pour moi, cela représente plus de quatre mois de travail.

Mildred eut un mouvement comme pour pousser les billets vers Jean avec un regard qui semblait dire : Faites-moi le plaisir d'accepter cela. Mais à peine avait-elle ébauché ce geste spontané que Jean se raidit. Son regard s'assombrit et ses joues s'empourprèrent. La jeune fille comprit qu'elle avait failli le blesser irrémédiablement.

— Sortons, proposa-t-elle pour faire diversion. Les billets sècheront bien sans nous.

Ils étaient sur le seuil quand une auto vint stopper aux abords du bac.

— C'est papa ! s'écria Mildred. Je savais qu'il viendrait lui-même.

Elle courut au-devant de son père et se jeta dans ses bras. Mr. Warren, un homme d'une cinquantaine d'années, au visage sympathique et à la démarche souple et sportive, serra sa fille contre sa poitrine d'un geste où se révélait une grande tendresse.

Puis, un bras passé autour des épaules de Mildred, il vint à Jean.

— Vous avez sauvé la vie de mon enfant. Le chauffeur m'a tout raconté. Comment vous exprimer ma reconnaissance ?

— N'importe qui aurait fait la même chose à ma place, dit Jean simplement.

Le chauffeur, qui avait accompagné son client, intervint :

— Pardon, vous avez sauvé deux vies humaines au risque d'y laisser la vôtre.

— Oui, vous avez fait plus que votre devoir et une telle action mérite récompense, dit Mr. Warren.

— Je vous prie de considérer cette affaire comme close et de ne plus y revenir, dit Jean avec fermeté.

Avez-vous apporté d'autres vêtements pour Mademoiselle ? Les siens ne sont pas encore secs.

Mr. Warren sortit de l'auto une mallette de cuir.

— Je pense, ma petite, que tu trouveras là tout ce qu'il te faut.

Jean transporta la mallette dans la cabane, suivi du père et de la fille.

— Vous pourrez vous changer, mademoiselle, dit-elle en sortant.

Mildred fit oui de la tête et embrassa son père sur la joue.

— J'en ai pour quelques minutes, papa. Tu m'attends sur le bac, n'est-ce pas ?

Jean conduisit Mr. Warren vers le banc de bois, le pria de s'asseoir et resta debout lui-même.

— Racontez-moi comment tout cela s'est passé. Je n'ai pas compris grand-chose aux explications du chauffeur.

D'une voix calme, Jean relata l'accident. Tandis qu'il parlait, une expression d'étonnement se dessina sur les traits de son interlocuteur. Ce jeune visage évoquait en lui un souvenir imprécis.

Jean venait à peine de terminer son récit quand Mildred reparut, vêtue d'une charmante toilette bleu marine garnie de rose. Elle était redevenue une jeune fille riche et élégante, et Jean, tout en admirant sa grâce et son chic, eut le sentiment que le fossé qui les séparait s'était encore approfondi. Son trouble était tel qu'il fut presque soulagé de voir quelques personnes arriver au bac. Avant de partir, il posa sur la jeune fille un regard interrogateur.

— Nous vous attendrons, dit Mildred. Me permettez-vous de conduire mon père dans votre maison ?

— Je vous en prie.

Une fois dans le petit cabinet de travail de Jean, Mr. Warren prit à nouveau sa fille dans ses bras.

— Quand je pense, Mildred chérie, que j'aurais pu te perdre, je deviens fou. Tu es ce que j'ai de plus cher dans le monde.

Des sanglots vibraient dans sa grave voix d'homme.

— Oh, papa ! C'était terrible, terrible ! Quel homme extraordinaire, ce M. Monier !

Toute rouge d'émotion, elle parla longuement à son père du jeune passeur. Elle lui conta ce qu'elle savait de son enfance, de ses études interrompues, de sa persévérance incroyable, de sa noblesse de caractère. Elle relata aussi l'incident des billets de banque, alors qu'elle avait vu s'allumer une lueur de fierté blessée dans le regard gris de Jean.

— Oui, j'ai remarqué que ce garçon a beaucoup de dignité, dit Mr. Warren. Nous risquerions de le froisser en lui offrant purement et simplement une récompense.

— Et pourtant il faut que nous fassions quelque chose pour lui, insista Mildred.

Mr. Warren ne songea pas à la contredire. Homme d'affaires dans tout le sens de ce mot, il avait le sentiment d'être le débiteur de ce fier passeur ; homme d'affaires essentiellement probe, l'idée de ne pouvoir s'acquitter d'une dette lui était pénible. Il réfléchit un long moment.

— Je ne vois qu'un moyen d'aider M. Monier sans le fâcher, dit-il enfin. Je vais lui proposer un marché. Je lui avancerai les frais de ses études qu'il devra me rembourser plus tard, en travail, dans mes établissements.

— Oh ! Papa ! Je savais que tu trouverais un

arrangement. Tu es un homme de génie ! s'exclama Mildred en embrassant son père. Comme cela, il ne pourra vraiment pas refuser.

Ce qui la séduisait le plus dans ce projet, — peut-être inconsciemment — c'est qu'il impliquait un long séjour de Jean Monier aux Etats-Unis.

— Je vois que le sort de ce jeune homme te tient à cœur, ma chérie, dit Mr. Warren. J'avoue d'ailleurs que je le trouve très sympathique, et chose curieuse, il me rappelle quelqu'un.

— Toi aussi, tu as été frappé par cette ressemblance ? fit Mildred. Je l'ai remarquée presque aussitôt, et cependant je ne peux absolument pas préciser ce souvenir.

— Moi non plus. Mais ce qui importe pour le moment, c'est d'user de diplomatie pour faire accepter mon plan à M. Monier.

— Oh, j'ai confiance en toi, papa, dit Mildred. Il ne faut pas non plus oublier le chauffeur qui a besoin de ton aide.

Mr. Warren enveloppa sa fille d'un regard attendri. Sa bonté l'émouvait.

— Je suis au courant. Et je ne manquerai pas d'intervenir auprès du propriétaire du garage.

Le bac revenait déjà et se vidait de ses passagers. Le père et la fille allèrent au-devant du passeur.

— Pouvez-vous m'accorder une minute, monsieur ?

Jean indiqua le banc de bois.

— Prenez place, je vous écoute.

Ils s'assirent tous les trois.

— Après ce que vous avez fait pour moi, quoi que je fasse pour vous, c'est encore moi qui serai votre obligé... commença Mr. Warren.

Jean se redressa.

— J'ai l'impression, monsieur, que vous n'avez pas renoncé à votre idée de m'offrir une récompense. J'aime mieux vous prévenir que vous perdez votre temps.

— Doucement, jeune homme, doucement ! Votre fierté vous égare. Ne vous raidissez pas ainsi contre le destin qui vous offre peut-être une chance de réaliser le grand dessein de votre vie. Il faut que vous me promettiez de m'écouter jusqu'au bout sans vous insurger contre ce que vous croyez être un attentat à votre dignité.

Jean Monier inclina la tête en signe d'assentiment.

— Voilà, c'est une proposition d'homme d'affaires que je vais vous soumettre. Ma fille vous a dit que je dirige outre-Atlantique des usines de produits chimiques. Or, notre entreprise manque actuellement d'hommes jeunes et doués. Tous ceux qui ont de l'initiative et du talent nous quittent après un bref stage pour voler de leurs propres ailes, quand ce n'est pas une firme concurrente qui nous les enlève. Faute de forces neuves, nos établissements risquent de tomber dans la routine et de se laisser distancer par des entreprises plus hardies. J'ai cinquante ans, et les hommes de votre âge seront peut-être des ennemis redoutables pour moi, à moins que je ne puisse en faire des alliés.

Jean écoutait avec un intérêt non dissimulé, mais il ne voyait toujours pas où le père de Mildred voulait en venir, ni quel rapport tout cela pouvait avoir avec le sauvetage de sa fille.

— Vous me suivez ? reprit Mr. Warren après une brève pause. Vous connaissez maintenant le point névralgique de mon entreprise. Mon voyage en

Europe a pour but, outre quelques conférences d'affaires, de découvrir de jeunes talents sans emploi.

— Je ne comprends toujours pas..., fit Jean comme à lui-même.

— J'ai eu besoin de ce petit préambule pour vous faire comprendre la loyauté et la sincérité de ma proposition. Je dois à une longue pratique des hommes, dans les milieux scientifiques aussi bien que dans ceux des affaires, d'être quelque peu psychologue et physionomiste. Je sais, par ma fille que la chimie est celle des sciences exactes qui vous attire le plus, aussi ai-je pensé tout de suite que votre collaboration pourrait m'être utile. Autrement dit, je vous propose une place dans nos laboratoires.

— Mais, monsieur Warren, balbutia Jean, je n'en suis encore qu'au début de mes études.

— C'est dommage, dit le père de Mildred, mais mieux vaut tard que jamais. Il importe maintenant que vous obteniez votre diplôme le plus tôt possible.

— Malheureusement, je n'ai pas la possibilité de me consacrer uniquement à mes études. Il faut que je garde cette place.

— Non, monsieur, cette place, il importe au contraire que vous la quittiez sans retard. Je me charge de vos études. Ne protestez pas. Je fais une petite affaire qui comporte bien moins de risques que plus d'un placement ordinaire. Mais je suis un businessman et il me faut des garanties. Aussi vous demanderai-je de me signer un contrat de cinq ans, période pendant laquelle vous ne toucherez qu'une partie de vos appointements, dont le montant sera fixé à votre entrée en fonction. Ce marché vous convient-il ?

Jean croyait rêver. Il regardait tour à tour Mr. Warren puis Mildred, comme pour s'assurer qu'ils n'étaient pas le produit de son imagination.

— J'attends votre réponse, jeune homme.

— Croyez-vous que je puisse accepter ? murmura Jean.

— Je ne puis vous forcer la main, mais je pense qu'aucun homme raisonnable n'hésiterait à votre place.

— Eh bien, c'est oui.

Mr. Warren serra cordialement la main de Jean.

— A la bonne heure, je suis bien content pour vous et pour notre maison. Où voulez-vous faire vos études ?

— A Paris.

— Vous avez raison. Les professeurs y sont excellents et les laboratoires pas trop mal montés. Je vais vous ouvrir un compte courant à la succursale parisienne de ma banque. Vous verrez vous-même de quelles mensualités vous aurez besoin. J'ignore à combien s'élèvent les droits d'inscription et les frais de laboratoires, mais je sais que tout cela est coûteux. D'autre part, il faut que vous ayez une existence confortable pendant toute la durée de vos études. Je vous enverrai dès demain, en même temps qu'un carnet de chèques, le contrat que je vous prie de me retourner dûment signé. Les affaires sont les affaires. Et maintenant, au revoir, et croyez à ma reconnaissance.

Jean lui serra la main, sans que la sensation de rêver l'eût quitté un instant. A son tour, Mildred lui tendit la main.

— Adieu, ou plutôt au revoir, à New York. Et

merci mille fois, ajouta-t-elle d'une voix étranglée par l'émotion.

Il posa sur elle un regard rayonnant.

— C'est à moi de vous remercier, miss Warren. Vous m'avez donné la chance de ma vie.

— Je n'oublierai jamais ce que je vous dois. Au revoir.

— Au revoir, miss Warren.

Il se sentit incapable d'ajouter la moindre parole à cette banale formule d'adieu, tant il était bouleversé.

Son regard fiévreux suivit pendant un long moment la voiture qui emmenait les Warren. Tous deux lui firent encore de loin un signe amical de la main, puis ils disparurent au tournant de la route.

Jean rentra dans sa maisonnette où il trouva, sur une chaise, les vêtements de sa mère soigneusement pliés par Mildred, et encore tout imprégnés du parfum exquis de la jeune fille. Jean les garda un instant dans ses mains, puis il les rangea dans la commode. Chargés d'un double souvenir, ils devenaient maintenant encore plus précieux pour lui.

La porte de la cuisine qu'on ouvrait l'arracha à sa rêverie : c'était le chauffeur.

— Mes vêtements ne sont pas secs, dit-il. Je ne peux pas les enfiler, et pourtant je voudrais bien vous rendre les vôtres.

Jean sourit.

— Vous me les rapporterez demain en venant chercher ceux qui sèchent. Avez-vous parlé à votre patron ?

— Non, mais l'Américain m'a promis de dire d'abord un mot en ma faveur. J'ai peur d'y retourner. Ah, je vous envie d'être là, tranquille, sur ce bac.

Vous n'avez pas affaire à un patron qui vous cherche tout le temps des noises.

— La place de passeur vous tente-t-elle ?

— Je pense bien. Et à votre place, je n'aurais sûrement pas refusé la récompense que cet Américain vous offrait de bon cœur. Vous ne l'auriez pas volée.

— Puisque le métier de passeur vous paraît préférable au vôtre, dit Jean sans relever la dernière remarque, je pourrais vous céder mon poste. Justement, je suis obligé de le quitter et cela me rendrait service d'être à même de proposer tout de suite un remplaçant.

Sa délicatesse naturelle le poussait à présenter les faits de façon à ne pas faire figure de bienfaiteur, mais plutôt d'obligé.

Le chauffeur fut au comble de la joie.

— Ma femme sera bien contente. Votre logement est plus agréable que le nôtre, qui ne reçoit jamais le moindre rayon de soleil. Ma parole, je ne regrette plus d'avoir bu la tasse. Vous êtes un chic type.

Le chauffeur partit annoncer la bonne nouvelle à sa famille. Au garage où il était employé, on lui apprit que grâce à l'intervention de Mr. Warren, il était dégagé de toute responsabilité dans l'accident, d'autant plus qu'étant donné témoignages et dépositions, tous les frais allaient certainement incomber à la compagnie d'assurances.

***

Le lendemain matin, comme Jean Monier, assis sur le banc du bac, s'absorbait dans un traité de chimie, un chasseur de grand hôtel vint lui remettre une enveloppe.

— On m'a dit qu'il n'y a pas de réponse, dit-il en tournant les talons.

Le pli contenait un carnet de chèques au nom de Jean Monier, un contrat et deux lettres, l'une signée de Mildred et l'autre de Georges Warren. Jean lut d'abord la première.

« Cher Monsieur,

« Nous partons tout à l'heure pour nous embarquer demain. Je ne voudrais pas quitter le sol de France sans vous avoir assuré encore une fois de mon amitié et de ma gratitude. Je me réjouis à la pensée que votre désir est sur le point de se réaliser. Tout en obligeant mon père, vous pourrez désormais donner tout votre temps et toute votre énergie aux études qui vous permettront de suivre librement votre vocation. Je me réjouis aussi de savoir qu'une fois au terme de ces études, il me sera donné de vous revoir dans ma patrie.

« Très amicalement vôtre

« MILDRED WARREN. »

La lettre du père était brève et précise.

« Cher Monsieur,

« Conformément à notre accord, je vous envoie ci-joint un carnet de chèques et un contrat que je vous prie de me renvoyer par la poste, revêtu de votre signature, aussitôt qu'il vous conviendra. Veuillez également communiquer sans retard votre signature à la banque afin de pouvoir tirer vos chèques. J'espère que vous voudrez bien nous tenir au courant des progrès de vos études et des résultats de vos examens successifs.

« Je vous prie d'agréer, etc.

« GEORGES WARREN. »

Jean tourna longuement dans ses mains le carnet de chèques, le contrat et les lettres. Ainsi, il n'avait pas rêvé tout cela, ces papiers en étaient la preuve palpable. En même temps qu'elle apportait dans sa vie un élément de féerie, de merveilleux, la jeune inconnue qu'il avait arrachée des flots transformait de fond en comble son existence et lui ouvrait toutes grandes les portes de l'avenir.

***

Chaque heure, maintenant, lui semblait précieuse. Il avait improvisé quelque temps auparavant, dans un coin de la cuisine, un laboratoire rudimentaire, où ce soir-là il se livra à une série d'expériences. Un problème, entre tous, le hantait : le procédé de teinture employé dans les industries lui paraissait susceptible d'importantes améliorations. Ah ! s'il pouvait surprendre le secret de la nature qui recouvrait les pétales de fleurs de couleurs si parfaites que le soleil le plus ardent, les pluies les plus torrentielles ne parvenaient pas à en altérer les nuances !

Lorsqu'il se coucha, tard dans la nuit, Mildred, les

couleurs et le carnet de chèques se partageaient ses pensées fiévreuses.

Pendant la semaine qui suivit, Jean initia consciencieusement le chauffeur aux secrets du métier de passeur de bac, de sorte que trois semaines plus tard, à Paris, il pouvait assister, joie inespérée, à un cours de chimie, à la Faculté des Sciences.

CHAPITRE III

A mi-chemin entre les Iles Hawaï et l'Archipel Marshall se trouve une petite île entourée de récifs de corail, que seuls signalent quelques rares atlas et les cartes de navigateurs. Elle était inhabitée à l'époque où un Français, Pierre Dornoy, y avait accosté à la suite d'un naufrage. Il faisait partie de l'équipage d'un cargo qui avait péri au cours d'une tempête. S'aidant d'une planche arrachée par la tempête au navire, seul, il avait atteint sans encombre la petite île déserte. Mais comme celle-ci était située à l'écart des routes de navigation, il lui avait fallu y vivre solitaire, nouveau Robinson, pendant plusieurs mois.

Pierre Dornoy avait découvert bien vite que le sol de l'île était fertile, riche de sources pures ; pas de serpents venimeux, pas de bêtes dangereuses. A condition d'être exploité et aménagé rationnellement, ce coin ignoré de la terre offrait un séjour fort agréable. Sans la solitude qui lui pesait, Pierre se serait senti parfaitement heureux dans ce refuge providentiel.

Méprisant l'existence médiocre et sans imprévu à laquelle ses parents le destinaient, il s'était engagé dans la marine, alors que ses camarades devenaient placidement des fonctionnaires ou des commerçants. Il avait cru un moment que son destin était de parcourir les océans, de dormir sous toutes les latitudes, de n'avoir d'autre patrie qu'une maison flottante, d'autre famille que son équipage, d'autre foyer que son étroite cabine de marin. Mais après avoir passé quelques mois dans l'Ile Enchantée — c'est ainsi qu'il avait surnommé son île faute de connaître son véritable nom — Pierre Dornoy avait compris qu'il aimerait y dresser sa tente, y construire sa maison, peut-être même y fonder son foyer.

Jusqu'au jour où, enfin, ayant aperçu à l'horizon un voilier, il avait sauté sur un tronc d'arbre grossièrement transformé en radeau, et était allé rejoindre le bateau. Le capitaine, un Hollandais, avait recueilli le naufragé et l'avait conduit dans le port le plus proche.

Grâce à l'héritage laissé par son père, mort pendant son absence, — héritage que Pierre n'avait à partager qu'avec une sœur — il avait pu passer à la réalisation de son plan et obtenir une concession du gouvernement pour exploiter l'Ile Enchantée. Il s'était mis à l'œuvre avec d'autant plus d'ardeur que sa fiancée, qui l'avait fidèlement attendu, approuvait son projet.

Un an après avoir quitté son île, Pierre Dornoy, titulaire d'une concession pour une période de trente ans, y débarquait de nouveau, amenant une poignée d'hommes recrutés dans les îles voisines. Lorsque tout fut prêt dans la plaisante maison qu'il construisit sur une colline dominant l'île, Pierre alla trouver Anna, sa fiancée. Ils se marièrent et le jeune homme emmena sa femme dans son « royaume ».

Vingt-cinq ans après, ce n'était plus une petite

maison, mais une villa vaste et confortable qui occupait la haute colline au centre de l'île. Les ouvriers, qui supportaient mieux le climat des tropiques, logeaient dans la partie basse. L'Ile Enchantée était un domaine bien administré et habilement exploité par Pierre, secondé courageusement dans son œuvre par sa femme et son fils Gilbert.

Ce dernier était né deux ans après l'arrivée du jeune couple dans l'île. C'était maintenant un garçon grand et robuste, à la peau bronzée, dont les mouvements dénotaient une solide force musculaire, une adresse peu commune et dont les yeux étaient pleins de rêves. Son développement physique était dû à la vie laborieuse qu'il partageait avec son père depuis son âge le plus tendre. Quant à sa formation intellectuelle, Pierre en avait chargé un précepteur venu de France. Raymond Morel, agrégé de l'Université, avait rompu avec le monde civilisé à la suite d'amers déboires, et était traité en membre de la famille. Il s'y sentait parfaitement heureux. Depuis que son élève ne lui donnait plus d'occupation, il remplissait auprès de Pierre les fonctions de secrétaire.

Les indigènes de l'archipel Marshall, parmi lesquels Pierre Dornoy avait choisi ses collaborateurs, appartenaient à une peuplade connue pour sa beauté physique et ses qualités morales. Ils s'étaient vite acclimatés dans l'île et ils vivaient paisiblement sous la direction, pleine d'humanité, des Français.

Mais il y avait une autre personne dont le bonheur sans nuages avait pour cadre le site enchanteur de la petite île.

Alors qu'il était âgé de treize ans, Gilbert Dornoy avait fait un jour une promenade à bord de son yacht, en compagnie de deux domestiques. Après une violente tempête, la mer était redevenue merveilleusement calme et le soleil plus radieux que jamais. Quelle avait été sa surprise lorsqu'il avait aperçu, engagée sur un récif, une cloison de bois, — quelque épave d'un bateau, sans doute, — sur laquelle gisaient deux formes humaines. Il la rejoignit et y découvrit une femme encore jeune, morte, revêtue d'une seule chemise de nuit. Auprès d'elle un enfant, une fillette de trois ans environ, semblait seulement évanouie. Gilbert prit l'enfant dans ses bras, tandis que ses compagnons transportaient sur le yacht le corps de la mère.

Les deux naufragées furent amenées dans l'Ile Enchantée. La mère, qui portait sur le crâne une profonde blessure, cause probable de sa mort, fut ensevelie sous un palmier. Quant à la fillette dont l'état pour être sérieux inspirait cependant peu d'inquiétude, elle reçut les soins les plus dévoués et, au bout de quelques jours, la fièvre ayant été enrayée, elle reprit connaissance. Elle dit alors en français :

— Encore un petit peu de lait pour Marylou.

Ainsi, la petite rescapée était une compatriote des Dornoy. On essaya de l'interroger sur sa famille, mais elle était trop jeune pour donner des informations précises. Tout ce qu'elle savait, c'est qu'elle avait habité une très grande ville, que sa maman l'avait emmenée sur un bateau pour aller voir son grand-père malade. La dernière nuit, elle avait été réveillée par un fracas épouvantable. Tout le monde avait peur et des gens pleuraient. On l'avait mise, avec sa maman, dans un bateau beaucoup plus petit, qui s'était renversé et tout le monde était tombé dans l'eau. Sa maman, qui l'avait tenue fort dans ses bras, l'avait alors lancée sur une planche qu'elle avait gagnée ensuite elle-même en nageant.

— J'avais faim et soif, mais maman n'avait rien à me donner, alors j'ai pleuré, poursuivit l'enfant. Puis un gros bout de bois a frappé maman à la tête. Depuis, elle n'a plus dit un mot et elle restait couchée, les yeux fermés.

Le linge de la mère et de l'enfant, en linon brodé, prouvait clairement que les deux naufragées appartenaient à une classe aisée. Comme la fillette ignorait son nom de famille, ne savait rien de la ville où elle avait vécu ni de celle où elle se rendait, les indices étaient insuffisants pour lui retrouver quelque parent. Pierre avait fait insérer des annonces dans plusieurs journaux français, signalant la découverte de la naufragée, mais personne ne lui avait écrit pour réclamer l'enfant.

C'est ainsi que Marylou était restée dans l'Ile Enchantée, au sein d'une famille qui l'avait adoptée avec enthousiasme. Gilbert était déjà à l'âge où les garçons s'affranchissent de la tutelle maternelle et la tendresse d'Anna restait souvent sans emploi. Cette fillette que le hasard lui offrait avait trouvé une place toute chaude dans son cœur. Pierre Dornoy fut également vite conquis par le charme de la petite orpheline. Quand aux indigènes, ils l'idolâtraient littéralement.

L'attachement de Gilbert pour sa sœur adoptive était de toute autre nature. Parce qu'il l'avait trouvée en mer et ramenée dans ses bras à la maison, il se considérait en quelque sorte comme son protecteur et, pendant longtemps, il vit dans la fillette un petit être qu'il considérait comme son bien exclusif. Son affection passionnée et teintée de jalousie allait en grandissant à mesure que l'enfant rose et joufflue se transformait en une fillette ravissante, douce et malicieuse à la fois, et douée d'un charme tel qu'il était impossible de ne pas l'aimer.

Les enfants oublient vite ; après neuf ans passés dans l'île, Marylou savait à peine qu'elle avait eu jadis d'autres parents que Pierre et Anna Dornoy. Son enfance s'était écoulée sous le ciel ardent de l'Ile Enchantée, parmi la dense végétation des tropiques où de petits singes inoffensifs s'ébattaient gaiement, ignorant la peur des hommes.

Pierre possédait maintenant deux bateaux à voiles qui, à tour de rôle, sillonnaient l'océan, emportant vers le continent les produits de l'île, en particulier le coprah, ces amandes de coco dont on extrait l'huile. Mais Pierre avait découvert aussi dans son royaume une ressource insoupçonnée, dont il n'avait partagé le secret qu'avec sa femme et son fils.

Sur un des flancs d'une colline rocheuse, il avait remarqué un jour, dans une crevasse du terrain, un scintillement verdâtre qui l'avait intrigué. Après avoir creusé le sol, il en avait extrait quelques pierres d'un éclat magnifique. Décidé à en avoir le cœur net, Pierre s'était rendu dans un port voisin où ils connaissait un marchand qui achetait et vendait toutes sortes d'articles, mais dont la spécialité était les pierres précieuses. Au premier coup d'œil sur les échantillons de Pierre, l'homme avait poussé un sifflement admiratif. Puis il avait appris à Pierre qu'il s'agissait de corindons, mieux connus sous le nom de gemmes orientales : il en avait offert un prix qui dépassait les espoirs de Pierre.

Ainsi, le maître de l'Ile Enchantée était revenu

chez lui sans les gemmes, mais avec la certitude qu'il détenait un trésor inestimable. En effet, l'ensemble des richesses du sol et du sous-sol de l'île était son bien incontestable pendant toute la durée de la concession.

Une ou deux fois par semaine, Pierre se rendait avec son fils dans sa mine de corindons et rentrait à la maison enrichi de quelques pierres. Il avait envisagé un moment d'organiser une exploitation rationnelle de ce gisement, mais il avait vite renoncé à ce projet. Cela l'aurait obligé à faire venir dans l'île de la main d'œuvre étrangère et aurait risqué, d'autre part, de soulever un différend entre lui et le gouvernement qui, lors de la signature de leur convention, n'avait évidemment pas soupçonné la richesse de l'île. Pierre redoutait par-dessus tout les perturbations et était fermement résolu à sauvegarder le calme de son île. Lui et les siens n'étaient-ils donc pas assez heureux jusqu'à présent ?

Cependant, la collection de gemmes ne resterait pas longtemps sans emploi, il le savait fort bien. Un jour prochain, Gilbert quitterait l'Ile Enchantée et alors il lui faudrait de l'argent pour organiser sa vie selon ses goûts et ses penchants. Pierre n'était pas de ceux qui exercent une pression sur leurs enfants, et depuis quelque temps déjà il avait remarqué que Gilbert se sentait confiné dans cet étroit paradis, et que le sol où il était né et où il avait grandi lui brûlait les pieds.

***

Un jour, alors qu'il revenait avec Gilbert de la colline aux gemmes, après une journée de travail particulièrement fructueuse, Pierre prit la décision de poser ouvertement la question du départ de son fils.

Marylou les avait aperçus de la terrasse de la maison et elle accourut, en les appelant de loin. Puis, se jetant tour à tour dans les bras de son père et de son frère adoptifs, elle se mit à leur conter, avec cette animation qui la caractérisait, les événements de la journée dont le moindre était pour elle d'une importance capitale.

Tout en causant, ils gagnèrent la maison, une vaste bâtisse aux proportions harmonieuses précédée d'une véranda qui prenait vue sur la mer. Anna quitta la chaise-longue où elle était occupée à un travail d'aiguille pour accueillir les arrivants. Bien qu'approchant de la cinquantaine, elle paraissait jeune et même jolie avec sa taille restée svelte et ses cheveux parsemés de quelques fils d'argent.

— Le thé sera servi dans un instant, dit-elle. Je vous ai préparé les petits gâteaux que vous aimez. Passez donc vite dans la salle de bains.

Les deux hommes se hâtèrent de prendre une douche froide et de troquer leurs vêtements de travail contre de confortables costumes de toile blanche. Bientôt toute la famille était réunie à nouveau sous la véranda, autour d'une table couverte d'une nappe brodée par Anna, où trônait une théière auprès d'un plat de petits gâteaux et de pots de confitures.

— M. Morel n'est pas des nôtres pour ce magnifique festin ? demanda Pierre.

— Non, il a été invité à prendre le thé avec le missionnaire arrivé à bord de *La Mouette*.

La Mouette était le nom de l'un des voiliers du maître de l'Ile Enchantée.

Tout en savourant la pâtisserie de la maison et en dégustant un thé excellent, Pierre Dornoy et les siens devisaient gaiement. Marylou, qui avait aidé tout l'après-midi Anna dans la cuisine et à la couture, était déjà impatiente de sortir.

— J'espère que tu n'es pas trop fatigué pour faire un tour à cheval ? dit-elle en se tournant vers Gilbert.

— Non, mais je dois rencontrer ce soir le commandant de *La Mouette* pour vérifier les factures des dernières livraisons. Si tu veux, je t'emmène.

— Bien sûr que je veux. J'adore monter sur les bateaux. Tu viens avec nous, papa ?

— Non, ma chérie, je reste à la maison. Gilbert se passera fort bien de moi pour ce petit travail.

Pierre Dornoy avait importé dans l'île des chevaux d'une race particulièrement résistante à la chaleur et aussi sûrs dans les sentiers sinueux des montagnes que des mulets. Marylou était, à treize ans, une amazone émérite, elle n'avait aucune peine à suivre Gilbert dans ses randonnées.

Tout en causant et en riant, les deux jeunes gens se dirigèrent vers la baie ; ils interpellaient gaiement, de temps à autre, les ouvriers qui travaillaient dans les plantations. Ceux-ci levaient alors la tête et un large sourire s'épanouissait sur leurs visages bistrés, protégés par des chapeaux de paille.

A bord de *La Mouette,* le travail battait son plein. La cargaison venait d'être chargée et les matelots étaient occupés à laver le pont à grande eau.

Gilbert apportait au commandant, de la part de sa mère, une longue liste de commissions. Pour la plus grande satisfaction des siens, Anna Dornoy n'avait pas renoncé, dans leur retraite primitive, à toutes sortes de spécialités gastronomiques des grandes villes, conserves et friandises, pas plus qu'aux livres et à ces mille riens grâce auxquels une femme attentionnée sait adoucir et embellir la vie familiale.

Après avoir attaché leurs montures, Gilbert et Marylou gagnèrent en canot le voilier qui avait mouillé à quelques centaines de mètres de la côte. Tandis que Gilbert s'entretenait avec le commandant dans sa cabine, Marylou, restée sur le pont, observait les allées et venues des matelots. Le nettoyage une fois terminé, les hommes vérifiaient les agrès, interrompant par intervalles leur travail pour admirer la « petite demoiselle » qui parcourait le bateau, pareille à quelque grand papillon blanc.

Enfin, Gilbert, accompagné du commandant, remonta sur le pont.

— Vous aurez beau temps demain pour votre départ, dit la jeune fille en tendant la main au commandant. Et toutes mes félicitations à votre équipage : votre bateau resplendit la propreté.

— C'est ce qu'il faut, mademoiselle. Un bateau qui prend le large sans avoir fait sa toilette à fond ne terminera pas sa traversée sans anicroche, répondit le marin.

— Seriez-vous superstitieux, capitaine ?

— Un vieux loup de mer comme moi est forcément superstitieux. Il faut savoir déjouer les caprices des mauvais esprits de l'océan. Mais au fait, que dois-je vous rapporter de voyage, cette fois ?

Marylou réfléchit un instant.

— Eh bien ! si vous voulez me faire plaisir, apportez-moi une coquille d'huître perlière.

— C'est promis, mademoiselle, toutefois, je ne vous garantis pas que sa nacre aura l'éclat de vos yeux.

En effet, les yeux de Marylou, d'un gris irisé, évoquaient les perles de la plus belle eau. Avec ses cheveux châtains aux reflets acajou, ses traits fins, elle était déjà d'une beauté remarquable.

— Il est temps de partir, sœurette, dit Gilbert. Le soleil est déjà bas, et tu sais que maman n'aime pas te savoir dehors une fois la nuit tombée.

Ils prirent congé du commandant et saluèrent amicalement l'équipage.

Resté seul avec sa femme, Pierre lui fit part du magnifique résultat de ses recherches dans la mine.

— Notre trésor augmente, observa Anna.

— Oui, et je m'en réjouis, encore que rien ne puisse ajouter à notre bonheur, n'est-ce pas ?

— C'est vrai, mais je pense comme toi qu'il est agréable de savoir qu'il est là, surtout à cause des enfants.

Dans leurs préoccupations, Marylou avait toujours tenu la même place que Gilbert.

— Je veux justement te parler de leur avenir, ma chère Anna. Je n'ai attendu que trop longtemps.

Il prit la main de sa femme et avec un sourire embarrassé.

— Je crains de te faire de la peine, Annette.

Sa femme le dévisagea, étonnée.

— Non, Pierre, rien de ce qui me vient de toi ne saurait me faire du chagrin.

— Pourtant cette fois, je ne puis t'épargner. Ecoute-moi bien, chérie : Gilbert doit partir.

Anna Dornoy pâlit.

— Pierre !...

— Oui, mon amie, il fallait que ces mots fussent prononcés. Il est temps que notre garçon se prépare à la vie, fasse ses études.

— Tu veux l'envoyer en France ?

— Oui, et si je n'avais pas redouté cette séparation pour toi, elle aurait eu lieu il y a deux ou trois ans déjà. Cette fois, il est grand temps.

— Tu n'as pas fait beaucoup d'études, Pierre, et pourtant tu es heureux, objecta Anna.

Pierre Dornoy sourit :

— Tu as raison, je suis parfaitement heureux dans ce petit paradis que j'ai créé en quelque sorte. Ma satisfaction s'explique peut-être précisément parce que tout ce qui m'entoure est mon œuvre, réalisée après avoir rompu délibérément et à bon escient avec ma vie passée. Mais pour Gilbert, la question se présente tout autrement. Il est né ici, la logique des choses et son naturel doivent le pousser inévitablement à chercher le changement. Plus d'une fois j'ai surpris dans ses yeux une expression nostalgique que je ne comprends que trop bien. C'est un vrai Dornoy, Gilbert. Nous sommes tous ainsi, chez nous. Tu sais dans quelles circonstances j'ai quitté mes parents. Ma sœur cadette Alice a éprouvé, elle aussi, le besoin de changer d'horizon. Elle a passé deux années à voyager, pendant lesquelles elle faisait des reportages pour plusieurs journaux.

— Et pourtant ta sœur vit maintenant de façon sédentaire à Paris ; elle n'a même pas voulu venir nous rejoindre ici, malgré nos invitations répétées.

— Bien sûr, une fois mariée, elle est devenue plus casanière. Mais il ne faut pas s'y tromper. Paris est une ville si variée, si complexe, qu'Alice y trouve constamment de quoi alimenter sa curiosité, sans cesse en éveil. Elle a toujours manifesté plus de goût que moi pour les choses de l'esprit. C'est une intellectuelle-née. Elle se lasserait bien vite de l'existence bucolique, mais en somme fruste, que nous menons dans notre île. Eh bien ! si j'ai légué à Gilbert le goût de l'aventure, de l'imprévu, il tient sûrement de sa tante le désir de se cultiver.

— Pourtant il a toujours semblé si heureux avec nous, dit faiblement Anna, essayant ce suprême argument.

— Oui, il a été heureux, mais il ne l'est plus complètement. Nous ne devons exercer aucune contrainte sur lui. Laissons-le donc voler de ses propres ailes. Ne souhaites-tu pas son bonheur ?

— Tu sais que rien ne me tient autant à cœur.

— Dans ce cas, tu n'as pas le droit de reculer devant ce sacrifice, dit Pierre d'une voix grave.

Anna soupira, puis prenant la main de son mari :

— Tu as sûrement raison, Pierre. Gilbert partira.

Ils discutèrent encore quelques détails pratiques de ce départ. Après quoi, Pierre Dornoy se retira dans son cabinet de travail.

Restée seule, Anna sentit son courage l'abandonner et de grosses larmes coulèrent le long de ses joues.

***

Dès le retour de Gilbert et de Marylou, Anna Dornoy retint la fillette auprès d'elle et elle dit à son fils que son père l'attendait dans son bureau.

C'était une pièce vaste et claire, sommairement meublée de bois blanc, comme les autres pièces de la maison.

Le jeune homme dit à son père un bref rapport de son entrevue avec le commandant de *La Mouette.*

Pierre l'écouta tranquillement et, lorsqu'il eut terminé :

— Assieds-toi, Gilbert, dit-il, je veux te parler. Il s'agit d'une question très importante pour toi.

Gilbert prit place dans un fauteuil et fixa sur son père un regard interrogateur.

— Dis-moi franchement, mon garçon, as-tu jamais réfléchi à ton avenir ?

Une lueur fugitive s'alluma dans le regard de Gilbert. Ses lèvres se serrèrent nerveusement, les muscles de son visage se contractèrent. Il essaya de cacher son trouble en détournant les yeux.

— Que veux-tu dire, père ?

Pierre fit un effort pour sourire.

— Je crois que tu m'as parfaitement compris. Et si tu n'oses pas me parler ouvertement, c'est sans doute parce que tu crains de nous faire de la peine, à ta mère et à moi. Le moment est venu, cependant, de tirer les choses au clair. Parlons en amis : quels sont tes projets d'avenir ?

— Père, je m'en remets à toi...

— Non, mon garçon, cette fois, la décision t'appartient exclusivement. Tu n'es plus un enfant, tu entres dans ta vingt-troisième année, et à cet âge un homme sait ce qu'il attend de la vie.

Gilbert se tut un long moment, puis sembla vouloir parler, mais il hésita encore :

— Je ne voudrais pas faire de la peine à maman et à Marylou.

— Même à ce prix, tu me dois une entière franchise.

Une digue semblait se rompre dans l'âme du jeune homme.

— Eh bien, oui, père, je pense souvent à tout cela,

s'écria-t-il d'une voix vibrante. Je pense à ce vaste monde que je ne connais que par les livres et les récits de M. Morel. Je brûle du désir de visiter des pays divers, de connaître les hommes, d'élargir mon horizon. Les livres ne me suffisent plus. Je veux voir, entendre, sentir, toucher du doigt toutes ces choses inconnues.

Pierre hocha la tête. Il ne s'était pas trompé. L'oiseau des îles voulait prendre son vol.

— Pardonne-moi, père, je suis un ingrat.

— Non, Gilbert, personne ne te comprend aussi bien que moi. A ton âge, j'étais, moi aussi, dévoré du besoin de partir. Je ne veux pas commettre la faute de mon père en te mettant des entraves. Tu iras en France, mon garçon.

— Papa !

Le jeune homme serra convulsivement la main de son père dans la sienne. Ses yeux étincelaient.

— Ah, mon grand, l'inconnu t'attire, te fascine.

Gilbert baissa les yeux.

— Pardonne-moi...

— Je n'ai rien à te pardonner, mon fils. C'est mon sang qui coule dans tes veines.

— Mais maman ? Elle en souffrira sûrement.

— Rassure-toi. Ta mère a compris que ton départ est indispensable. Elle supportera bravement la séparation.

Gilbert se redressa et alla à la fenêtre pour ne pas donner à son père le spectacle de son émoi.

— Ah, si seulement j'étais sûr de ne pas vous peiner, toi papa, maman et... Marylou.

— La petite n'est pas encore au courant de notre projet, elle se résignera lorsque nous lui aurons fait comprendre que cette décision a été prise dans ton intérêt. Mais parlons un peu de choses pratiques. Quelles études veux-tu faire ? Y as-tu réfléchi ?

— Oui, père, depuis longtemps. Je voudrais apprendre à construire des routes, des ponts...

— Eh bien, mon garçon, il y a, à Paris, une école des Ponts et Chaussées. Tu verras si cela te convient. Evidemment, tu auras besoin de beaucoup d'argent, en Europe, d'autant plus que tu emploieras tes vacances à visiter des pays étrangers. J'y tiens. Heureusement, nous ne sommes pas à court. Tu emporteras nos gemmes, que tu tâcheras de vendre avantageusement. Je t'indiquerai quelques adresses à cet effet. Il est essentiel que tu ne sois pas gêné par le manque d'argent pendant la durée de tes études, mais il faut aussi que tu saches établir ton budget et éviter tout gaspillage.

— Tu peux avoir confiance en moi, père.

— Je le sais, Gilbert. Tu iras trouver à Paris ma sœur Alice. C'est une femme très cultivée, elle a beaucoup de relations. Elle te facilitera le premier contact avec le monde civilisé, et sera pour toi un guide idéal.

Leur conversation roula ensuite sur des projets pratiques ayant trait aux études de Gilbert. Ils fixèrent la date du départ et même l'emploi des premières vacances du futur étudiant.

Lorsqu'ils rejoignirent Anna et Marylou, cette dernière avait le visage noyé de larmes. Tous les ménagements dont la mère avait entouré l'annonce de la nouvelle n'avaient pu épargner à la grande enfant, primesautière et passionnée, une violente crise de désespoir.

Elle se jeta dans les bras de Gilbert en sanglotant.

— Dis-moi que ce n'est pas vrai, Gilbert. Tu ne

partiras pas, n'est-ce pas ? fit-elle d'une voix étranglée.

Le jeune homme serra les dents et ravala les larmes qui montaient à ses yeux. Sans mot dire, il caressait les boucles de sa petite sœur. Anna le regardait, bouleversée.

— Voyons, Marylou, intervint le père, je te croyais plus raisonnable et moins égoïste.

— Oh papa !... gémit-elle.

— Allons, ressaisis-toi, ma petite, et réfléchis un peu. Tu voudrais empêcher Gilbert d'apprendre la profession pour laquelle il se sent destiné ? Le garder de force dans notre belle prison ?

— Non, papa, murmura Marylou en faisant un effort pour se calmer. Mais... je crois bien que je mourrai de chagrin, dit-elle d'un ton grave.

— Non, tu ne mourras pas, fit Pierre en souriant. Tu es raisonnable et courageuse et tu nous aideras à attendre tranquillement ton grand frère.

— Quand reviendra-t-il ?

— Bientôt. Le temps passera vite, dit Pierre Dornoy, évasivement.

S'il avait révélé à Marylou qu'il s'agissait d'une séparation de plusieurs années, il l'aurait fait souffrir inutilement.

— Si tu aimes Gilbert, tu sauras te résigner, dit Anna doucement.

Si elle aimait Gilbert ? Elle était sûre de l'aimer assez pour mourir de chagrin loin de lui. Mais elle se tairait, pleurerait quand personne ne la verrait et attendrait tranquillement la mort.

L'arrivée de M. Morel créa une diversion. Il fut mis au courant de la décision prise, qu'il approuva vivement. Pendant le dîner, on continua à discuter sur le prochain départ de Gilbert et à former toutes sortes de projets. Personne ne se doutait de l'effort héroïque que Marylou devait faire pour paraître calme et sourire même de temps à autre. Une douleur presque physique oppresssait sa poitrine. La vie ne lui paraissait plus digne d'être vécue, et elle souhaitait la mort avec toute la force de son cœur meurtri.

Gilbert n'osait pas la regarder. A ce moment, il aurait renoncé volontiers à son départ, mais il était trop tard pour reculer. Il se promit d'abréger autant que possible la durée de ses études et de revenir au plus tôt auprès de ses parents et de Marylou.

Cette dernière, ce soir-là, prétextant la fatigue, alla se coucher plus tôt que d'habitude. La tête enfouie dans son oreiller, elle donna libre cours à son désespoir. Les larmes inondèrent son visage et parfois des sanglots mal contenus lui échappaient nerveusement.

Derrière sa porte, Gilbert écoutait en serrant les dents. Lorsqu'il ne perçut plus aucun bruit, il entra sur la pointe des pieds, s'approcha du lit de Marylou et caressa doucement les cheveux éparpillés sur l'oreiller trempé.

— Dors en paix, sœurette, murmura-t-il. Tu es bonne et raisonnable, tu ne pleureras plus pour ne pas nous faire mal à tous. Je suis fier d'avoir une petite sœur aussi courageuse.

Il l'embrassa sur le front et s'en alla. Et Marylou s'endormit paisiblement.

Quinze jours plus tard, toute la famille accompagnait Gilbert à bord du voilier qui devait le conduire à un port voisin. Là il s'embarquerait sur un paquebot à destination de l'Europe.

Les yeux de Marylou étaient secs mais brillants de fièvre. Gilbert était seul à deviner combien elle souffrait. Il avait compris, ces derniers jours, que cette enfant lui était plus chère que tout au monde, et il se jura une fois de plus de la rejoindre le plus vite possible pour ne plus jamais se séparer d'elle.

La dernière image qu'il emporta de l'Ile fut celle d'une Marylou effondrée dans les bras de sa mère adoptive, la poitrine secouée par des sanglots trop longtemps maîtrisés.

CHAPITRE IV

Par une magnifique matinée d'octobre, déjà fraîche mais ensoleillée, un jeune homme vêtu d'un costume gris clair, à la démarche décidée et au regard animé d'une vive curiosité, sortait du jardin du Luxembourg pour gagner les galeries de l'Odéon.

C'était un de ses lieux de prédilection ; le décor Louis XVI de ce coin de Paris avait pour lui un constant attrait, né sans doute de son contraste avec la banalité et l'agitation du boulevard Saint-Michel. Les galeries de l'Odéon donnaient en outre à Gilbert l'illusion de se trouver dans une bibliothèque au grand air.

Il devait, ce jour-là, se procurer divers ouvrages scientifiques. En levant les yeux, Gilbert vit se refléter, dans une glace, son visage dont le hâle était encore accusé par la blancheur immaculée de sa chemise.

« Avec cette tête, on doit me prendre pour un sang-mêlé », se dit-il en souriant.

Auprès du sien, les autres visages semblaient, en effet, d'une pâleur extrême. Cependant, leur désinvolture et leur gaieté éveillaient en Gilbert une pointe d'envie. Il se croyait maladroit, gauche, et il se sentait dépaysé dans ce milieu étranger.

Tout à coup, parmi toutes ces faces blanches, surgit dans la glace un autre visage bronzé, illuminé par une paire d'yeux gris, pleins de flamme.

Gilbert ne put s'empêcher de sourire à l'inconnu dont le regard avait un instant rencontré le sien. Un sourire mêlé de sympathie lui répondit. Mais à ce moment un vendeur offrit ses services à Gilbert ; et lorsque celui-ci chercha de nouveau parmi les habitués des galeries le visage dont l'apparition fugitive l'avait délivré d'une pénible sensation de solitude, il ne le trouva plus.

Un peu dépité, Gilbert partit emportant les quelques nouveautés scientifiques qui l'intéressaient.

Il regagna le jardin du Luxembourg et, subjugué par la splendeur automnale de ce coin de nature au milieu d'une forêt de maisons, il ne put résister à la tentation d'aller s'asseoir à l'ombre d'un marronnier tout scintillant de l'or de ses feuilles.

De rares passants, des mamans, des nurses surveillaient les jeux des enfants et jouissaient de cette belle journée, suprême cadeau de l'été mourant.

Gilbert trouva un banc vide, il s'y assit et il se mit à feuilleter ses livres. Il venait de se plonger dans la lecture de l'un d'eux quand une voix résonna tout près de lui.

— Pardon, monsieur, me permettez-vous de prendre place sur ce banc ?

Il leva la tête et il reconnut le visage basané entrevu tout à l'heure sous les galeries de l'Odéon. Ce jeune homme avait dû obéir à la même impulsion que lui en venant au jardin du Luxembourg.

— Je vous en prie, asseyez-vous.

Pendant une dizaine de minutes, les deux jeunes gens restèrent absorbés dans leur lecture, en apparence du moins, car chacun d'eux, attiré et intrigué tout à la fois par son voisin, parvenait difficilement à concentrer son attention.

— Excusez-moi, dit enfin Gilbert, je crois que nous nous sommes déjà rencontrés tout à l'heure, sous les galeries.

— Oui, et c'est un peu pour cela que je me suis permis de vous déranger.

Une sympathie spontanée poussait les deux étudiants, un peu désorientés dans la grande ville, à se rapprocher l'un de l'autre.

— Vous n'êtes pas Parisien, à en juger par votre teint, risqua Gilbert.

— Non, je viens de province. Et c'est à mon ancienne profession que je dois ce hâle. Je vivais sur un fleuve, j'étais passeur d'un bac.

— Moi, je viens de plus loin. Je n'ai débarqué en Europe qu'il y a quelques jours.

— Mais vous êtes Français ?

— Oui, un Français né dans une île lointaine du Pacifique.

Les yeux de Jean brillèrent d'intérêt.

— Oh, parlez-moi de votre pays, je vous en prie.

— Volontiers, mais permettez-moi d'abord de me présenter. Je m'appelle Gilbert Dornoy.

— Mon nom est Jean Monier.

— Je suis bien content de vous avoir rencontré. Je n'ai pas d'amis à Paris et d'ailleurs je n'ai jamais eu d'ami de mon âge.

Gilbert était heureux de pouvoir évoquer devant une oreille attentive l'Ile Enchantée dont le souvenir était si vivace en lui. Il parla longuement du paysage qui avait servi de décor à son enfance et à son adolescence, de ses parents et de leur histoire romanesque, de leurs deux voiliers et de son yacht, et enfin de sa petite sœur adoptive trouvée, un jour d'orage, évanouie sur un radeau.

— Ah ! qu'elle est jolie, ma petite sœur ! s'exclama-t-il. Aucune des jeunes filles que j'ai rencontrées ici ne lui ressemble.

— Vos parents l'ont sans doute adoptée officiellement ?

— Non, ils n'ont pas perdu l'espoir de retrouver un jour sa vraie famille. Elle est Française sans nul doute puisque c'est en français qu'une fois revenue à la vie, elle a prononcé ses premières paroles. Les recherches que mon père a faites à cette époque n'ont pas abouti, mais qui sait ? peut-être un jour viendra-t-on nous la réclamer.

Le ton sur lequel Gilbert avait émis cette hypothèse montrait bien qu'il l'envisageait sans enthousiasme.

— J'ai l'impression que je n'ai commencé à vivre vraiment que le jour où cette petite est entrée dans notre maison. Je ne puis imaginer mon existence sans elle.

— C'est étrange, dit Jean, pensif. Vous avez sauvé la vie d'une fillette en l'arrachant à l'océan, et votre vie a changé. Eh bien ! ma vie aussi a changé depuis que j'ai sauvé une jeune fille d'une noyade certaine.

A son tour, Jean conta à son compagnon l'événement capital de son existence : l'accident sur le bac, le sauvetage, les moments passés avec la jeune fille sur le banc, face au barrage, et enfin le geste du père de l'inconnue.

— Vous avez eu raison d'accepter. Cet homme s'est montré tout à fait loyal à votre égard.

D'autres confidences suivirent. Les deux jeunes gens parlèrent de leurs futures études, partagèrent leurs premières impressions sur Paris et se contèrent leurs journées de début dans la capitale.

— J'ai trouvé une chambre fort agréable, non loin de la Faculté, dit Jean. Il est vrai que le chant de mon fleuve me manque, la nuit, ajouta-t-il.

— Moi, j'habite chez ma tante. Elle est seule à occuper un grand appartement rue du Bac. Je m'y plais beaucoup, d'autant plus que tante Alice est une personne pleine de délicatesse et de compréhension. C'est une sœur de mon père, elle est veuve et sans enfants.

— Ainsi, vous n'êtes pas tout à fait isolé à Paris ?

— Non, Dieu merci. Je me sentirais bien malheureux dans cette grande ville sans ma chère tante Alice. Il faut que vous fassiez sa connaissance. Mais au fait, pourquoi ne viendriez-vous pas à la maison, demain soir ? C'est son jour. On rencontre chez elle des gens fort intéressants.

— Oh, je n'oserais pas la déranger.

— La déranger ? Mais elle adore, au contraire, la société et en particulier celle des jeunes gens. Bien qu'ayant passé la quarantaine, elle est très jeune d'esprit. Elle s'intéresse à la peinture et à la sculpture et tient une rubrique de critique d'art dans un hebdomadaire littéraire. Ses amis sont pour la plupart des artistes ou des hommes de lettres. Il est vrai que je ne sais encore ni me tenir ni parler en présence de ces personnalités. Leurs manières me paraissent si raffinées ! C'est tout un apprentissage à faire. Oh, je donne bien du travail à tante Alice.

— Je saurais encore moins que vous me comporter convenablement dans un salon, objecta Jean.

— Justement, à nous deux, nous nous tiendrons compagnie et nous nous sentirons moins dépaysés.

Jean accepta. Le courant de sympathie qui avait rapproché les deux jeunes gens s'était vite mué en amitié.

Une carte d'Alice Ponsard confirma, le lendemain matin, l'invitation faite par Gilbert.

Le portrait que le jeune homme avait tracé de sa tante correspondait bien à la réalité. La sœur de Pierre Dornoy était une femme indépendante sans exagération, une intellectuelle qui n'avait cependant rien d'un bas-bleu.

Elle accueillit Jean Monier, dont elle connaissait l'histoire par son neveu, avec beaucoup de cordialité.

— Je me charge de vous empêcher de vous transformer en rats de bibliothèques, dit-elle. Vous êtes un parfait compagnon pour Gilbert, monsieur Monier. Je serai votre mentor, mes enfants.

— Vous êtes bien trop jeune et trop jolie, ma tante, pour vouloir passer pour un chaperon, observa Gilbert en riant.

— Tiens, tiens, on t'a donc appris à faire des compliments dans ton Ile Enchantée ! On prétend que c'est l'apanage de notre civilisation décadente.

— Des compliments, tante Alice ? Quelle vilaine accusation. Je dis toujours ce que je pense.

— Voilà un principe bien dangereux, rétorqua Alice Ponsard, et absolument incompatible avec les mœurs d'une société civilisée. Souvent, hélas, on est obligé de dire ce qu'on ne pense pas et de taire ce qu'on pense, sans quoi la vie deviendrait impossible.

Encore une chose qu'il te faudra apprendre, mon garçon.

Gilbert eut un profond soupir qui fit rire sa tante.

— Allons, ce n'est pas bien grave, et maintenant venez que je vous présente mes invités.

*
* *

L'année scolaire était commencée et bientôt Jean et Gilbert eurent, chacun de son côté, assez de travail pour ne pas songer à tout ce qui les distinguait de leurs camarades.

Grâce à l'initiative d'Alice Ponsard, les deux amis employaient leurs loisirs avec beaucoup d'agrément et de profit. Ils visitaient tout ce qui mérite d'être vu dans Paris et dans ses environs. Toujours en compagnie d'Alice, ils passèrent une journée à Versailles, une autre à Fontainebleau. Les matinées de dimanche étaient consacrées à la visite des musées où la culture d'Alice leur révélait des beautés accessibles seulement à des yeux avertis. Certains soirs, elle les emmenait au théâtre. Une fois par semaine, enfin, Gilbert et Jean, faisaient une apparition dans le salon de Mme Ponsard. Ils y assistaient à des conversations brillantes ; d'abord muets, puis s'enhardissant, ils finirent même par y prendre part.

Gilbert et sa tante recouraient à des ruses de toutes sortes pour faire accepter à Jean des invitations au théâtre ou au concert ; car il se reprochait d'abuser du crédit de Mr. Warren en donnant, dans son budget, une si grande place aux distractions. Jean essaya à plusieurs reprises de fausser compagnie à son ami, en invoquant des prétextes divers. Mais Alice Ponsard révéla alors à propos que son journal la pourvoyait de toutes sortes de billets gratuits. Et force était à Jean d'être de la partie.

Une idée, cependant, tourmentait Gilbert. Son père avait décidé qu'il passerait les vacances de Pâques en Italie et le jeune homme tenait à y emmener Jean. Mais il ne fallait pas songer à offrir tout simplement les frais de ce voyage à un garçon dont Gilbert connaissait déjà la fierté. Les gemmes de l'Ile Enchantée avaient rapporté à Gilbert assez d'argent pour qu'il pût doubler, sans préjudice pour lui-même, la dépense d'un tel voyage, mais Jean ne voudrait certainement pas en entendre parler. Tous les jours, Gilbert qui avait confié son souci à sa tante, lui disait :

— Eh bien! tante Alice, avez-vous une idée?

— Toujours rien, mon garçon. Mais aie confiance, au dernier moment, la Providence ne nous abandonnera pas. Quelque chose me dit que Jean visitera Venise et Naples avant la fin de l'année scolaire.

Grâce aux lettres hebdomadaires de Gilbert, Jean était devenu un personnage familier pour les habitants de l'Ile Enchantée. Marylou s'informait régulièrement de lui et lui transmettait ses amitiés, ainsi que ses parents.

Dans une de ses lettres, Pierre Dornoy fit part à son fils de ses préoccupations. Dans cinq ans, la concession de l'île expirait. Or, le gouvernement actuel semblait peu disposé à en étendre la durée.

« Sans doute serons-nous obligés de te suivre en France, écrivait-il. Nous serons bientôt fixés là-dessus, car en vertu d'une clause du contrat, l'accord ne peut être dénoncé que cinq ans à l'avance.

Il apprenait aussi à son fils que Marylou avait perdu quelque peu de sa gaîté. Elle travaillait sérieusement sous la direction de M. Morel que ses progrès émerveillaient.

« ... Elle étudie les langues étrangères, ajoutait-il, et parle anglais comme Shakespeare en personne. »

Les lettres de Marylou décrivaient avec force détails la vie dans l'Ile Enchantée et en relataient les moindres événements. Elle ne faisait jamais allusion à leur longue et douloureuse séparation. Mais Gilbert savait lire entre les lignes.

Jean écrivait aussi de nombreuses lettres, mais, contrairement à son ami, au lieu de les expédier, il les mettait dans son tiroir. Une fois, seulement, pour le Nouvel An, il prit la liberté de joindre à la lettre adressée à Mr. Warren un billet pour Mildred, dont la rédaction lui avait réclamé une dizaine de brouillons. Il reçut une réponse cordiale, presque chaleureuse, qu'il se hâta de montrer à Gilbert. Cela resserra encore les liens d'amitié qui unissaient désormais l'enfant de l'Ile Enchantée et l'ancien passeur de bac.

CHAPITRE V

Depuis plusieurs mois déjà Mildred Warren avait repris, à New York, sa brillante existence de riche héritière. Elle avait maintenant dix-huit ans et elle pouvait assister désormais à toutes les réunions mondaines.

Pourtant, une profonde métamorphose s'était opérée en elle au cours de son voyage en Europe et c'est sans entrain et sans conviction qu'elle s'était replongée dans une vie oisive et fastueuse. Les jeunes gens qu'elle rencontrait dans les soirées chez des amis lui apparaissaient comme des personnages falots et insignifiants auprès de l'image qu'elle portait en elle d'un jeune homme beau et courageux, dont le regard gris disait la ferme résolution de vaincre l'adversité. Mille fois elle avait évoqué les trop brefs moments passés dans le rayonnement de cet être d'élite, dont la voix vibrante, sur le fond du clapotis des eaux, prenait des accents si pathétiques. Dans son imagination, le passeur de bac qui lui avait sauvé la vie avait grandi pour prendre les proportions d'un homme idéal, d'un héros.

Mildred vivait avec son père dans un hôtel particulier, situé au bord de la mer. Une dame de compagnie d'origine française avait remplacé, dans la maison, la maîtresse absente. Mme Nodier, c'était son nom, s'était attachée à Mildred et sa sollicitude affectueuse aidait Mr. Warren à l'entourer de cette atmosphère d'intimité et de tendresse dont son âme sensible avait besoin.

Un jour, Mr. Warren dit à Mildred :

— Ce soir, je t'amène à dîner un invité que tu seras sûrement contente de revoir. Il s'agit de Georges Monaw.

— Ah ! Il est donc rentré de Floride ?

— Oui, depuis hier.

— J'espère qu'il y a guéri sa bronchite ?

— Il m'a dit au téléphone qu'il était tout à fait rétabli.

Georges Monaw, Américain d'origine française, était à la tête d'une importante entreprise qui collaborait étroitement avec celle de Mr. Warren. Sa fortune, pour n'être pas très ancienne, était très considérable et certains le rangeaient parmi les vingt hommes les plus riches de New York.

— Devrai-je commander un menu spécial à la cuisinière ? s'enquit Mme Nodier, présente à cette conversation.

— Non, ce serait aller à l'encontre des goûts de Mr. Monaw. Vous savez bien qu'il n'aime pas qu'on se mette en frais pour lui. Il préfère un repas familial, sans cérémonie.

Et, se tournant vers sa fille :

— J'espère que tu es libre, mon enfant. Tu me ferais plaisir en passant la soirée avec nous. Mr. Monaw serait déçu si tu nous quittais en sortant de table.

— Quelle question ! Bien sûr que je ne sors pas. J'aime beaucoup Mr. Monaw, et je ne l'ai pas vu depuis notre voyage en Europe. Lorsque nous partions, il était déjà en Floride.

— Oui, et tu n'as pas beaucoup de chance de le rencontrer dans des réunions mondaines. Il mène une vie très solitaire et décline toutes les invitations.

— Pourtant tout le monde parle de la fête magnifique qu'il donne chaque année, en février, dans son hôtel.

— Oui, c'est une façon de racheter son dédain des lois de notre milieu. Cette fête lui fait pardonner son insociabilité bien connue.

— Cette année je pourrai enfin assister à cette fête, puisque j'ai fait mon entrée officielle dans le monde, dit Mildred. Je m'en réjouis d'avance, car on m'en a raconté des merveilles.

— Pour Mr. Monaw c'est une corvée qu'il redoute, une rançon bien lourde de toute une année de paix.

— Au fait, pourquoi fuit-il tant le monde ?

— C'est une histoire bien triste, ma petite, dont j'ignore moi-même les détails. Il y a plusieurs années, il a perdu une femme et une fille qu'il aimait profondément. Il évite d'en parler, il convient donc de ne pas faire allusion à son malheur en sa présence. Cela le ferait cruellement souffrir.

— Comme je le plains, dit Mildred, émue. Je comprends maintenant pourquoi il est toujours si grave et si triste. Heureusement, il a trouvé en toi un ami sûr.

— Oui, notre amitié a résisté à sa tendance à la misanthropie.

— Vous vous connaissez donc depuis longtemps ?

— Depuis dix-sept ans déjà. Quand je l'ai rencontré, Georges Monaw n'avait pas encore sa situation actuelle. C'était un modeste chimiste cherchant en vain un appui financier pour ses inventions. Il est venu me trouver un jour et il m'a exposé ses idées. Dès cette époque j'avais la passion de découvrir des talents méconnus. J'ai aidé Georges Monaw à monter son entreprise. Peu après il se maria. Dans les semaines qui suivirent, la maladie de ta mère nous obligea à quitter New York et je le perdis un peu de vue. A notre retour, il était déjà veuf et peu après je perdais ta mère. Depuis, notre amitié n'a cessé de croître.

— Et c'est à la suite de son deuil qu'il a commencé à éviter le monde ?

— Oui, et je ne cherche plus à lui faire abandonner cette attitude. La vue des gens heureux avive sa douleur.

Le soir du même jour, Georges Monaw fut accueilli par Mr. Warren et sa fille avec une particulière cordialité. Après le repas, Mildred essaya d'égayer un peu l'invité, mais la vue de cette jeune fille rayonnante de santé et de joie de vivre ne faisait qu'accroître sa mélancolie. Le souvenir de sa propre fille l'obsédait. Des plis profonds sillonnèrent son front, ses yeux gris s'assombrirent. Il rejeta sa tête en arrière comme pour l'alléger d'un fardeau insupportable. Mildred, qui l'observait depuis un instant, se redressa soudain en s'exclamant :

— Oh papa ! J'ai trouvé ! J'ai trouvé !

Mr. Warren la regarda, étonné.

— N'as-tu rien remarqué, papa ? Ne vois-tu donc pas combien Mr. Monaw ressemble au jeune passeur du bac.

Mr. Warren dévisagea son ami et ses traits s'animèrent.

— C'est juste, voilà cette ressemblance que nous ne parvenions pas à déterminer. Je comprends maintenant.

— Aurais-je un sosie ? demanda Mr. Monaw avec un faible sourire.

— Presque, répondit Mr. Warren. Il s'agit d'un homme encore tout jeune, un Français. C'est grâce à lui que Mildred est encore en vie.

Et il conta à son ami l'accident sur le bac qui avait failli avoir une fin si tragique.

— Il n'a pas voulu accepter de récompense, ajouta Mildred toute rouge d'émotion, comme chaque fois qu'on parlait de Jean Monier.

— Oui, mais nous nous sommes arrangés pour lui faire continuer ses études. C'est bien la moindre des choses que nous lui devions.

— J'aurais donné ma fortune à celui qui aurait sauvé la vie de ma fille, murmura Georges Monaw d'une voix empreinte d'une profonde tristesse.

— Je vous comprends, Georges. Mais ce jeune homme est d'une fierté peu commune. Et je pense que s'il n'avait pas la passion de la chimie, il n'aurait même pas accepté mon offre.

— Il est chimiste ?

— Il le sera bientôt. Jusqu'ici il a été passeur du bac qui conduit aux Sociétés Chimiques Réunies.

— Vous dites aux « Sociétés Chimiques Réunies » ?

— Mais oui, je devais ce jour-là rencontrer le directeur de ces établissements. Cela vous étonne ?

— Non, mais cela évoque pour moi un souvenir très pénible. J'ai travaillé jadis dans cette usine...

— Eh bien ! Jean Monier, lui, faisait traverser le fleuve...

Mr. Warren n'acheva pas sa phrase. Georges Monaw blêmit brusquement et un tremblement nerveux secoua la main qui tenait une tasse de café.

— Jean Monier, balbutia-t-il. Jean Monier... Non, ce n'est pas possible ! Que savez-vous encore de lui ? Vous a-t-il parlé de ses parents ?

Cette fois ce fut Mildred qui prit la parole.

— Il m'a parlé longuement de son enfance. Il ne connaît pas son père et sa mère est morte quand il était tout petit. C'est son oncle qui l'a élevé, et à la mort de celui-ci, il a dû prendre sa place, sur le bac.

L'émoi qui se peignait sur le visage de Georges Monaw était tel que Mr. Warren et sa fille le crurent un instant malade. Il ne parla plus guère de la soirée et il prit congé de son ami un quart d'heure après le café.

***

Georges Monaw habitait un hôtel particulier dans le quartier le plus select de New York. Les portes de cette maison luxueuse ne s'ouvraient, comme on l'a vu, qu'une fois par an, en février, pour la fête qui était un des grands événements de la saison mondaine. Des légendes couraient sur le faste inouï avec lequel ce millionnaire-ermite traitait ses convives. Et les journaux publiaient chaque fois des comptes rendus détaillés de cette réception, pleins de superlatifs.

Ce soir-là, en rentrant chez lui, Georges Monaw s'enferma dans sa bibliothèque, sa pièce favorite, et se laissa tomber dans un fauteuil profond. Des souvenirs se bousculaient dans son esprit. Il se revoyait, modeste employé aux Sociétés Chimiques

Réunies, où ses capacités restaient inconnues. Il avait fait connaissance, à cette époque, de la jeune sœur du passeur du bac, Marie. C'était une jeune fille charmante et honnête, qu'il n'avait pas prise au sérieux tout d'abord. Mais vite il s'était rendu compte qu'il avait inspiré à Marie un amour passionné. Un peu par pitié, un peu par besoin d'affection, il l'avait épousée.

Quelques mois après leur mariage, à la suite d'une altercation avec son chef, Georges avait été congédié. L'indemnité que les Sociétés Chimiques Réunies lui avaient accordée lui avait permis d'acheter un billet de passage pour aller tenter sa chance en Amérique.

En partant, il avait promis à Marie de la faire venir là-bas dès qu'il aurait trouvé une situation. Mais la malchance l'avait poursuivi au-delà de l'Atlantique. Le dépit et la honte lui faisaient redouter les lettres de Marie. Il lui répondait de moins en moins souvent. Puis, un jour, il avait décidé de ne point ouvrir ces petites enveloppes blanches afin de s'épargner les remords de conscience qui, croyait-il, paralysaient ses facultés intellectuelles. Il s'était promis de révolutionner l'industrie chimique américaine et voilà que cette jeune femme à laquelle il avait donné son nom le poursuivait de son amour. Devait-il renoncer à ses ambitions, abandonner ses inventions et accepter un emploi médiocre à seule fin de pouvoir tenir sa promesse ? Non, Georges Monaw était résolu à oublier le passé. Et pour mieux rompre avec tout ce qu'il avait laissé derrière lui, il avait décidé d'américaniser son nom comme tant d'émigrés. De Georges Monier il était devenu, par un simple jeu d'écriture, Georges Monaw. Un jour, quand il aurait imposé ses découvertes au monde, se disait-il, il ferait venir Marie, ne serait-ce que pour apaiser sa conscience.

La chance que Georges Monaw attendait vainement depuis trois ans vint enfin : il avait rencontré John Warren et celui-ci lui avait mis le pied à l'étrier. Dès lors, il put mener à bien deux de ses inventions et les faire breveter. Sur ces entrefaites un télégramme lui apprit la mort de Marie.

Il aurait alors été exagéré de dire que cette nouvelle avait éveillé en Georges Monaw d'autres sentiments qu'un violent remords. Il n'avait jamais aimé Marie d'amour et son image s'était vite effacée en lui.

Un an plus tard, Georges Monaw rencontra une jeune fille, française d'origine comme lui-même, qu'il aima tendrement. Il se maria et connut enfin quelques années de bonheur. Sa femme donna la vie à un enfant, une fillette, d'autant plus adulée qu'elle avait été ardemment attendue pendant trois ans. Le sort accorda à Georges Monaw encore trois années de félicité. Puis, sa femme reçut d'Australie la nouvelle de la maladie de son père, parti en voyage d'affaires. Elle s'embarqua avec l'enfant sur un paquebot transpacifique. Georges Monaw ne devait plus jamais revoir ces deux êtres qu'il chérissait plus que tout au monde. Ironie du sort ! Pendant que la femme et l'enfant périssaient en mer, le père au chevet de qui elles se rendaient expirait dans une clinique de Sidney, léguant à Georges Monaw une fortune considérable.

Et voilà que maintenant le visage de Marie, depuis longtemps éclipsé par ces deux autres visages, si chers, surgissait du fond de sa mémoire.

Etait-ce possible que Marie lui eût donné un fils ?

Jean Monier... Jean Monier... Elle ne lui en avait pas parlé dans ses lettres. Mais au fait, ces lettres, les avait-il lues toutes ? Non.

Où étaient donc ces lettres ? Georges Monaw était sûr de ne les avoir pas détruites. Après son second mariage, il avait été tenté de les brûler à un certain moment, mais il avait la conviction qu'il n'en avait rien fait.

Un fils ! Ah, s'il était sûr qu'il existât encore au monde un être qui fût la chair de sa chair, le sang de son sang ? Mais non ! C'est un rêve absurde. Le frère de Marie le lui aurait rappelé plus tard, si vraiment Marie lui avait annoncé, dans ses lettres, la naissance d'un enfant. Or, il n'avait jamais rien reçu de ce beau-frère. Sans doute un autre homme était-il entré dans la vie de Marie, alors qu'elle portait son nom. Elle était jeune et jolie et avait pu refaire sa vie. Qui sait, peut-être lui demandait-elle le divorce dans ses lettres ?

La pendule de la bibliothèque égrenait les heures et Georges Monaw restait toujours immobile dans son fauteuil. Des vagues d'espoir alternaient dans son âme avec des moments de doute. Un fils ! Non, il ne méritait pas un tel bonheur !

Les jours suivants, Georges Monaw chercha l'oubli dans le travail. Mais le soir venu, il jetait, presque machinalement, à son chauffeur, l'adresse de l'hôtel Warren. Il avait besoin d'entendre pour la dixième fois le récit du sauvetage de Mildred. Il était avide de chaque détail se rapportant à la personne du jeune inconnu, se faisait décrire sa physionomie, sa façon d'être, répéter ses paroles. Et Mildred, les yeux brillants, recommençait chaque fois avec le même enthousiasme l'histoire de son accident. Y avait-il pour elle une joie plus grande que d'évoquer son « héros » ?

Les lettres ! Où étaient les lettres de Marie ? Cette idée était devenue pour Georges Monaw une obsession intolérable. Il avait fouillé tous les recoins de sa bibliothèque, vidé les tiroirs de son bureau. En vain ! A quoi lui servait sa fortune fabuleuse si tout ce qui lui était cher lui échappait, s'il ne devait connaître que des douceurs éphémères et de vaines promesses de bonheur ? Le destin ne lui jouait-il pas un tour cruel en lui faisant entrevoir la joie d'avoir un fils ? Le ciel l'avait déjà châtié de sa cruauté envers Marie en lui enlevant sa seconde femme et son enfant, mais il continuait sans doute à s'acharner contre lui.

Et l'âme si durement éprouvée de Georges Monaw sombrait de nouveau dans le désespoir.

CHAPITRE VI

Une longue file de voitures de luxe stationnait devant l'hôtel de Georges Monaw illuminé à profusion. Toute la société new-yorkaise s'était donné rendez-vous, ce soir-là, chez le richissime industriel. Le vaste hall décoré de plantes rares était déjà rempli d'invités.

Au milieu du premier salon, le maître de céans accueillait les nouveaux venus avec un sourire forcé. Sa gouvernante, Mrs. Johnson, à qui, comme chaque année, avait incombé entièrement le souci de l'organisation de cette réception grandiose, se tenait à ses côtés, très élégante dans sa robe de mousseline noire.

L'hôtel présentait, à l'intérieur, un aspect féerique. Plusieurs décorateurs, aidés par une équipe d'électriciens, avaient travaillé une semaine durant à transformer la maison un peu austère en un lieu enchanteur où tout, plantes exotiques, aquariums savamment illuminés, sièges originaux, tapis rares, jeux de lumière, concourait à surprendre et à charmer les invités si souvent blasés sur le chapitre du luxe. Mr. Monaw n'avait pas participé personnellement à ces préparatifs, il avait préféré laisser à Mrs. Johnson pleins pouvoirs en cette circonstance.

Les compliments qu'on lui adressait en même temps qu'au maître de la maison étaient amplement mérités.

Au milieu de ce décor merveilleux évoluait une foule brillante. Au bras de leurs compagnons impeccables dans leurs habits noirs, les femmes parées des chefs-d'œuvre de la haute couture, dont l'originalité frisait parfois l'excentricité, scintillaient de tous les feux de leurs joyaux. Perles, diamants et rubis accrochaient la lumière des lustres et irradiaient un éclat presque irréel.

Les domestiques en livrée, dirigés par un maître d'hôtel digne et solennel, offraient aux invités des rafraîchissements de toutes sortes.

Vêtue d'une robe de soie rose, ses boucles brunes encadrant artistement son joli visage, Mildred Warren fut vite accaparée par un essaim de jeunes gens. Tout en prenant part à l'animation générale, Mildred ne cessait de comparer ces fils de millionnaires, vains et infatués de leur richesse, à la figure romantique et noble du héros du bac. Parmi tous ces hommes, c'était encore Mr. Monaw qu'elle trouvait le plus sympathique avec ses cheveux argentés sur les tempes et son visage marqué par la souffrance. Oui, décidément, il y avait dans son port, dans toute sa façon d'être, un je ne sais quoi de familier et de lointain à la fois qui l'émouvait. C'est ainsi qu'elle imaginait Jean dans vingt-cinq ou trente ans. Et ce Jean lui serait aussi cher, elle en était sûre, que le jeune homme plein d'une jeunesse triomphante qui l'avait arrachée à la mort. Mildred aurait renoncé volontiers à cette fête magnifique pour pouvoir se retrouver, ne fût-ce que quelques minutes sur le bac et écouter la voix de Jean résonnant au milieu du grondement du fleuve. Combien tout ce qu'il disait était simple et profond, et si différent du bavardage insipide et conventionnel de son voisin de table.

Un repas somptueux, accompagné par un orchestre invisible, précéda la soirée artistique.

Le corps de ballet le plus réputé de Broadway présenta aux invités quelques scènes chorégraphiques très réussies, avant de faire place à un violoniste, virtuose célèbre, puis à une cantatrice en vogue.

Les rideaux des fenêtres et des portes des terrasses furent ensuite écartés et devant les convives fusa une pluie d'étincelles multicolores qui ouvrait la série des feux d'artifice. Les jets d'eau de la fontaine du parc, illuminés par des réflecteurs, étincelaient de toutes les couleurs de l'arc-en-ciel. On se serait cru devant quelque haut-fourneau magique où, dans un chatoiement éblouissant, fondaient rubis, émeraudes, topazes, opales et saphirs. Puis ce furent des gerbes de fleurs fantastiques et rutilantes, éclatant dans l'air, et fanées sitôt épanouies.

Un murmure d'admiration parcourut l'assistance groupée soit aux fenêtres, soit sur les terrasses. Cette magnifique fête pyrotechnique avait tiré de leur indifférence les plus blasés des convives.

Tandis qu'au-dehors se déroulait cette féerie de couleurs et de lumières, les domestiques, comme à l'aide de baguettes magiques, faisaient disparaître silencieusement les tables. Lorsque les invités se retournèrent, après le feu d'artifice final, ils trouvèrent la salle prête pour la danse. Un couple de danseurs illustres exécuta d'abord une danse à la mode, puis toute la jeunesse lui succéda.

La fête donnée par Mr. Monaw eut donc son éclat

accoutumé. Les invités ne se retirèrent que tard dans la nuit, après avoir chaleureusement complimenté leur amphitryon.

— Vous vous êtes surpassée, Mrs. Johnson, dit celui-ci à la gouvernante lorsque les salons de l'hôtel furent redevenus déserts. Je vous remercie de toute la peine que vous avez prise. Vous devriez aller vous reposer maintenant.

— Oh, j'ai encore quelques instructions à donner, répondit Mrs. Johnson. Il faut que, demain matin, toute trace de cette fête ait disparu pour que vous puissiez retrouver votre calme habituel. L'installation électrique notamment doit être enlevée cette nuit même. A ce propos, j'attire votre attention sur un vieux sac de voyage que j'ai trouvé au cours des préparatifs dans une pièce de débarras. J'ai vu qu'il contient toutes sortes de papiers et j'ai cru bien faire de le porter dans votre bureau. Peut-être voudrez-vous voir vous-même si ces papiers sont à conserver.

Un sac de voyage ? Mr. Monaw se demanda d'abord de quel sac il pouvait bien s'agir. Mais soudain la lumière se fit dans son esprit. Il se souvint. N'avait-il pas relégué quelque part, au temps de ses mauvais jours, toutes sortes de vieilles quittances et de lettres, y compris les lettres de Marie ? Et voilà que le hasard les lui faisait retrouver maintenant. Cela ne relevait-il pas du miracle ?

— Merci, Mrs. Johnson, dit-il d'un ton presque joyeux.

La gouvernante le suivit du regard, tandis qu'il se dirigeait vers son cabinet de travail à pas rapides. Bien qu'habituée aux excentricités de son maître, elle hocha la tête avec étonnement.

C'est en proie à des sentiments contradictoires —

curiosité, espoir, crainte, doute, remords — que Georges Monaw, avec des mains fébriles, ouvrit le sac de cuir usé. Vénérable témoin de ses pérégrinations à l'époque où il allait tenter sa chance dans les principales villes industrielles des Etats-Unis. Il retrouva sans peine le paquet d'enveloppes blanches, très simples, portant son adresse tracée d'une écriture plutôt malhabile.

Lettres en main, Georges Monaw s'assit devant son bureau ; avant de les ouvrir, il demeura un moment méditatif, anxieux : qu'allaient-elles lui révéler ?

Enfin, il se décida à déchirer la première enveloppe. Il en retira une feuille de papier écolier où il lut :

Mon cher Georges,

« Bien que tu n'aies pas répondu à ma dernière lettre, je t'écris à nouveau, car j'ai une bonne nouvelle à t'annoncer : nous allons avoir un enfant. J'ai été d'abord un peu effrayée, mais maintenant, je suis tout à fait calme, et même heureuse. Je sais, Georges chéri, que lorsque tu auras lu cette lettre, tu ne tarderas plus à faire le nécessaire pour me permettre de te rejoindre. Je voudrais être près de toi quand notre petit naîtra. Ne t'inquiète pas du prix du billet, je pourrai le payer avec mes économies — car depuis ton départ je fais de la broderie à la maison — et s'il me manque un peu d'argent, mon frère m'a promis de m'aider. Je ne te demande que les papiers nécessaires. Et surtout n'oublie pas de me répondre par le plus prochain courrier pour me rassurer tout à fait. Dis-moi aussi si tu as trouvé un emploi et comment va ton travail. Il ne faut pas redouter l'avenir, mon cher mari, je te promets de travailler là-bas autant que mes forces me le permettront. On fait sûrement de la broderie chez vous comme ici.

« Je me porte très bien et j'espère que ta santé aussi est bonne. Crois que je t'aime toujours autant et que je ne cesse de penser à toi.

« Ta femme fidèle,

« MARIE. »

Georges Monaw posa les bras sur son bureau et y enfouit son visage. Ce message d'outre-tombe, si émouvant dans sa simplicité, l'avait profondément remué. Quelle crainte vibrait entre ces lignes pourtant pleines de réserve ! Mais ce qui avait bouleversé surtout Georges Monaw, c'était la certitude que cette lettre lui apportait : Marie lui avait donné un enfant.

La reconnaissance envers le destin, et aussi le remords à la pensée de tout ce que Marie avait dû endurer pour lui, tels étaient les sentiments qui tourbillonnaient dans son âme. Il resta longtemps immobile, prostré, avant de se décider à décacheter les lettres suivantes. Deux d'entre elles étaient de simples variantes de la première, mais chaque fois un peu plus angoissée. La dernière était ainsi conçue :

« Georges chéri,

« Cette lettre sera la dernière que je t'envoie avant de recevoir une réponse de toi. Je croyais d'abord que mes lettres ne te parvenaient pas, que l'adresse n'était pas bonne, mais je viens d'apprendre que l'ingénieur Margelin qui continue à travailler aux Sociétés Chimiques Réunies, a reçu des nouvelles de toi après t'avoir écrit à la même adresse. Alors, j'ai compris. Tu ne veux pas encore de nous : de moi et de ton fils.

« Car tu as un fils depuis deux mois. C'est un gros bébé bien portant, avec des cheveux blonds et des yeux gris-bleu comme les tiens. Il s'appelle Jean. Je suis très fière de lui et je suis sûre que si tu pouvais le voir, tu ne voudrais pas t'en séparer. Je ne te blâme pas de ne pas vouloir que nous te rejoignions. Tu as sûrement des raisons pour cela. Je sais par M. Margelin que tes affaires ne vont pas comme tu le souhaites, et que nous te serions une lourde charge. Mais ce que je ne comprends pas, Georges chéri, c'est que tu n'aies répondu à aucune de mes lettres. Je ne t'en veux pas cependant, mais je te supplie de rompre ce terrible silence. Si les circonstances ne nous permettent pas de reprendre la vie commune, eh bien, nous attendrons, Jean et moi, que les choses s'arrangent. Mais écris-moi vite un mot pour que je sache qu'en pensée tu es avec nous.

« Mon frère est très bon, comme toujours. Il adore notre petit Jean et il a tenu à lui offrir une layette complète. Il est d'ailleurs son parrain. Il remplace le père qui est trop loin. Mais plus pour longtemps, j'espère.

« Comme je l'ai dit au début de cette lettre, je me suis promis de ne plus t'écrire avant d'avoir reçu réponse de toi, car je ne veux plus t'importuner. Je te dis donc adieu et encore une fois sache que, quoi que tu fasses, je te pardonne d'avance.

« Ta femme qui t'aime,

« MARIE. »

C'était tout. L'amour, l'espoir, le pardon. Quel courage, quelle bonté sans fin, quelle générosité aussi et quelle grandeur d'âme chez cette simple enfant du peuple. Maintenant elle était morte, et il était trop tard pour racheter une telle faute.

Oui, pour Marie il était trop tard, mais il y avait un autre être avec lequel il fallait tenter un rapprochement : sans cela la vie de Georges Monaw ne serait plus qu'une lente torture.

Georges parvenait à peine à y croire. Il avait un fils, lui, l'homme le plus solitaire du monde ! C'était comme si, de sa tombe, Marie lui faisait un don suprême pour lui marquer l'oubli de la peine endurée. Elle redonnait un sens à sa vie. Mais ce fils se montrerait-il aussi magnanime que l'avait été sa mère ? Aurait-il autant d'indulgence qu'elle ? Voudrait-il oublier que son père l'avait ignoré, par égoïsme, pendant qu'il avait besoin de sa protection ?

Un sentiment de culpabilité accablait Georges, atténuait la lueur d'espoir et de joie qui vacillait en lui.

Avec des mains tremblantes, il replia les lettres et les glissa dans leurs enveloppes jaunies. Parviendrait-il à convaincre son fils que celles-ci venaient seulement d'être ouvertes ? Car seul cet aveu de son égoïsme pourrait encore lui valoir quelque indulgence.

Cette nuit-là, Georges Monaw ne se coucha pas. Son habit retiré, il revêtit sa robe de chambre, et se mit à arpenter la pièce, s'arrêtant de temps en temps devant la large baie qui prenait vue sur la mer. Il scrutait le lointain comme pour chercher à franchir l'immense étendue de l'océan qui le séparait de son fils, de ce jeune homme plein de courage, de volonté et de dignité, que ses qualités destinaient certainement à un grand avenir. Tout ce que Mr. Warren et sa fille avaient raconté de lui à Georges Monaw le démontrait clairement.

Etranges voies du destin ! Son fils avait sauvé la vie de Mildred, la fille de son bienfaiteur, comme si le ciel l'eût chargé d'acquitter la dette de reconnaissance paternelle. Marie avait raison, il y avait lieu d'être fier de ce fils. Mais les droits que le sort semblait lui donner sur cet être, sa conduite envers lui ne les rendait-elle pas contestables ?

Le regard perdu au loin, Georges Monaw vit l'aube poindre. Le disque lumineux du soleil émergea lentement des profondeurs de l'eau. Dans le salon, les domestiques travaillaient à faire disparaître les dernières traces de la réception. Georges Monaw évoqua avec amertume toutes ces fêtes fastueuses qu'il avait données pendant que son fils, unique héritier de sa fortune fabuleuse, se privait du nécessaire pour s'acheter quelques livres d'études.

Vers neuf heures du matin, Georges Monaw prit un bain, s'habilla, déjeuna et se fit conduire par son chauffeur dans le bureau de son ami John Warren. Celui-ci venait justement d'y arriver.

— Tiens ! C'est toi ! dit-il, étonné. Déjà reposé des

fatigues de la fête ? Assieds-toi et fumons ensemble une cigarette. Je t'avoue que, pour ma part, cette longue veillée m'a laissé un peu las.

Les deux amis prirent place chacun dans un fauteuil.

— Si je suis venu te déranger de si bonne heure, dit Georges Monaw, c'est que j'ai une nouvelle importante à te communiquer.

— Ah ! fit Mr. Warren surpris. Quelque chose de nouveau s'est-il donc passé depuis cette nuit ?

— Oui. J'ai acquis la certitude que j'avais un fils de mon premier mariage. Ce fils, c'est Jean Monier.

John Warren le regarda, stupéfait.

— En es-tu bien sûr, Georges ?

— Oui, si je n'avais que des présomptions, je ne t'en parlerais pas.

Et à l'appui de ses paroles il tendit à son ami les lettres de Marie.

— Je ne t'ai peut-être jamais parlé de ma première femme morte en France. Tu ne sais pas non plus que mon véritable nom est Monier, dont Monaw est la forme américanisée.

Mr. Warren parcourut les lettres et écouta l'histoire de ce mariage lamentable.

— Tu me diras que j'ai agi en criminel, je le sais, conclut Georges Monaw.

Mr. Warren ne répondit pas tout de suite. Il réfléchit un long moment, puis dit :

— Non, Georges, tu as agi tout au plus en homme faible, incapable d'assumer à la fois les responsabilités envers ta femme et celles que t'imposait le sentiment extraordinairement puissant de ta vocation. Les grands hommes ont quelquefois de telles faiblesses. Les bienfaiteurs de l'humanité font parfois de mauvais époux et des pères détestables. Par tes inventions, tu as contribué au bien-être de plusieurs générations, la chimie technique te doit un grand pas en avant.

L'espoir vacillant de Georges avait besoin de cette plaidoirie dont chaque mot trouvait une vive résonance dans son âme mortifiée.

— Crois-tu vraiment que ma faute pourra m'être pardonnée ?

— Par la société, elle l'est déjà. Par ta femme également. Reste ton fils. Eh bien ! il faut souhaiter qu'il ait hérité de sa mère la générosité qui semble avoir été le trait dominant de son caractère. Dans la mesure où je le connais, je puis te rassurer. C'est un garçon qui ne s'enferme pas farouchement dans le cercle de sa pensée. Il est accessible aux arguments et malgré sa jeunesse ne manque pas d'objectivité. J'en ai eu la preuve quand j'ai voulu le gagner à mon plan.

Georges Monaw buvait avidement les paroles de son ami. Son visage s'illumina lorsque celui-ci parla des qualités de Jean Monier.

— Ta fille aussi semble l'estimer beaucoup, risqua-t-il.

John Warren sourit.

— Entre nous soit dit, le sentiment que Mildred nourrit pour l'homme qui lui a sauvé la vie me semble dépasser les cadres d'une simple estime. Ton fils a profondément impressionné sa jeune sensibilité. Et l'exaltation avec laquelle elle évoque tout ce qui se rapporte à lui a depuis longtemps retenu mon attention. Si seulement j'étais sûr des sentiments de ton fils à son égard, l'avenir de Mildred ne me causerait guère de soucis.

— Envisages-tu la possibilité d'une union entre nos enfants ?

— Il m'est arrivé d'y penser avant même d'avoir su que Jean Monier était ton fils. Le bonheur de Mildred prime chez moi toutes les autres considérations. Et si elle s'éprenait d'un garçon sans fortune, mais digne d'elle, je ne chercherais pas à l'influencer. Je suis assez riche pour cela.

— Si cette union se réalise, dit Georges Monaw rêveur, j'aurai trouvé non seulement un fils mais aussi une fille. Et mon bonheur serait complet si la pensée que, par ma faute, deux êtres innocents ont péri ne me torturait pas jour et nuit.

— Tu penses à ta seconde femme et à ta fillette ?

— Oui, et je me rends responsable de leur disparition. C'est pour me châtier que le Ciel me les a enlevées.

— C'est ta douleur, Georges, qui t'a suggéré cette funeste interprétation. Mais c'est croire Dieu bien cruel que de lui attribuer de pareils desseins. S'il a rappelé à lui les deux êtres qui t'étaient chers, c'était sûrement sans rapport avec ta faute. Tu as souffert et tu as largement expié tes erreurs. Aie confiance, Georges, je crois que tu es arrivé à un tournant de ta vie, un tournant derrière lequel il y aura pour toi aussi un peu de réconfort et de joie.

Les paroles de John Warren agissaient comme un véritable baume sur l'âme torturée de son ami.

— Quel réconfort je puise à t'écouter. Je veux aller en France me faire connaître à mon fils. J'ai hâte de le voir, de l'entendre et de le serrer dans mes bras.

Mr. Warren approuva ce projet : quand il prit congé de son ami, Georges Monaw était donc décidé à s'embarquer le plus tôt possible pour le Vieux Continent.

Ce soir-là, John Warren fut chez lui une bonne demi-heure en avance.

— Déjà, papa ? s'étonna Mildred qui venait à peine de rentrer elle-même. Sans doute veux-tu sortir ce soir. Dois-je demander à Mme Nodier de faire servir aussitôt le dîner ?

— Oui, ma chérie, mais je ne sortirai pas. Simplement j'ai à te parler.

Un peu surprise, Mildred fit part à la gouvernante du désir de son père, puis elle monta en courant dans sa chambre pour se changer et rafraîchir un peu sa coiffure. Dix minutes plus tard, le père, la fille et Mme Nodier étaient réunis dans la salle à manger.

Au sortir de table, Mr. Warren et sa fille se retirèrent dans le petit salon où le café leur fut servi, tandis que la gouvernante allait vaquer à ses occupations.

— Eh bien, ma petite, comment te sens-tu après la fête d'hier ? demanda le père.

— Mieux que jamais, papa. J'ai évidemment payé ce plaisir d'un petit mal de tête au réveil, mais après ma promenade sur la plage suivie d'une partie de tennis tout est dissipé.

— J'espère que tu t'es bien amusée ?

— Oh, le programme était très intéressant et les musiciens excellents.

Le père eut un sourire malicieux.

— Tu oublies de parler de tes danseurs. Tu n'en as pas manqué pourtant.

— Oh non, papa, je n'ai pas fait tapisserie. Mais je t'avoue que tous ces garçons m'assomment. Ils manquent décidément d'intérêt.

— Vraiment ? A ton âge, pourtant, les jeunes filles ne méprisent pas la compagnie des jeunes gens.

— Je ne la méprise pas non plus... Il y a des hommes avec qui l'on peut causer des heures durant sans éprouver le moindre ennui, au contraire.

— Je devine tes pensées, dit le père en souriant. Tu vas me faire à nouveau le panégyrique du passeur qui t'a sauvé la vie.

— Parfaitement, papa, répondit la jeune fille en rougissant violemment. Aucun des jeunes gens présents à cette fête ne peut se comparer à lui. Jean Monier est un garçon tout à fait exceptionnel. Mais au fait, ajouta-t-elle, cherchant à dissimuler son trouble, n'avais-tu pas quelque chose à me dire ?

— Oui, et tu viens justement d'aborder le sujet dont je voulais t'entretenir. Il s'agit de Jean Monier.

— As-tu reçu de ses nouvelles ? demanda Mildred avec animation.

— Non, pas de lui directement, mais à son sujet. Jean Monier t'a confié, je crois, que sa mère avait été abandonnée, peu après son mariage, et qu'il ne connaissait pas son père.

— C'est exact.

— Eh bien, ce père n'est autre que Georges Monaw.

Mildred bondit. Mais aussitôt une expression d'incrédulité succéda sur son visage à celle d'une profonde stupéfaction.

— Tu plaisantes, papa !

— Je parle le plus sérieusement du monde. N'as-tu pas été la première à constater leur ressemblance ? Monaw s'appelle en réalité Monier. Il a simplement américanisé son nom.

Et il conta à sa fille les circonstances qui avaient

amené son ami à abandonner provisoirement sa jeune femme à son sort.

— Ainsi, il ignorait l'existence de Jean.

— Oui, jusqu'à cette nuit. Cependant, tu as dû remarquer combien le nom de Jean Monier l'avait bouleversé. Dès lors, il soupçonna la vérité. De vieilles lettres retrouvées par hasard ont fait le reste.

— C'est extraordinaire, dit Mildred pensive. Le fils de ton ami à qui tu as rendu jadis un grand service sauve la vie de ta fille. Et cette coïncidence lui permet de retrouver son père. Ne sommes-nous pas en plein roman ? Un roman que nous vivons.

— C'est qu'on oublie trop souvent que le meilleur romancier, c'est encore la vie. Aucun écrivain, aussi fécond que puisse être son imagination, ne saurait l'égaler.

— C'est vrai... Comme je me félicite d'avoir si souvent parlé de Jean à Mr. Monaw ! Cela a dû contribuer à cette révélation. Mr. Monaw recherchait d'ailleurs ces conversations et, depuis quelque temps, ses visites étaient devenues plus fréquentes. Que va-t-il faire maintenant ?

— Il ira trouver son fils à Paris, comme tu le devines sans doute. Reste à savoir quel accueil celui-ci lui fera.

— Oh, j'ai confiance en Mr. Monaw. Il saura parler à Jean. Il pourra invoquer, comme disent les juges, les circonstances atténuantes. La voix du sang parlera elle aussi, j'en suis convaincue, et tout s'arrangera. Sans doute Mr. Monaw ramènera-t-il Jean en Amérique.

Un sourire imperceptible jouait aux coins des lèvres de Mr. Warren.

— Cela me paraît moins sûr. Tu oublies que nous sommes en pleine année scolaire.

Mildred ne cacha pas son désappointement.

— Il pourrait bien le persuader...

Mais sa jeunesse l'empêcha de s'arrêter à une pensée fâcheuse. Le besoin d'espérer prit vite le dessus.

— C'est ennuyeux, mais enfin les vacances ne sont pas loin. Jean pourra venir passer l'été avec son père. Bob Harvey, qui fait des études de lettres à Paris, vient bien tous les ans.

— Ça, c'est fort possible. Mais laissons-en la décision aux deux intéressés.

— Je suis vraiment très heureuse pour Jean, reprit Mildred après un moment de pause. Il n'est plus seul au monde maintenant, et par surcroît il est riche.

— Oui, mais aussi il n'a plus besoin de mon aide, et notre belle combinaison s'écroule comme un château de cartes.

Mildred parut perplexe.

— C'est vrai, je n'y avais pas pensé.

— Oui, le problème devient de plus en plus délicat, dit le père mi-sérieux, mi-badin. Cherche bien, ma chérie, peut-être trouveras-tu une solution, un autre moyen de marquer à Jean Monier notre reconnaissance.

Le front blanc et lisse de Mildred se plissa sous l'effet d'un grand effort de pensée. Et c'est rouge comme une pivoine, qu'elle finit par conclure :

— Nous trouverons bien quelque chose, papa. Pourvu qu'il soit là !

CHAPITRE VII

Dans l'Ile Enchantée, la vie déroulait des jours paisibles et monotones. Rien ne semblait avoir changé, mais la grande maison au sommet de la colline ne résonnait plus de chants ni d'éclats de rire.

Les deux jeunes habitants de l'Ile mettaient jadis une note d'allégresse et de fantaisie au milieu de cette existence simple et calme. Maintenant, Marylou n'avait plus son compagnon de jeux, et son cœur n'était ni aux chansons ni à la joie. La force de caractère dont témoignaient M. et Mme Dornoy ne parvenait pas à lui faire surmonter son chagrin. Elle grandit, son teint pâlit et tout en elle révélait un profond trouble intérieur. M. Morel attribuait sa dépression à ces crises fréquentes à l'âge où l'on sort de l'enfance. Mais l'œil averti de ses parents adoptifs ne s'y trompait pas : Marylou souffrait d'être séparée de son compagnon qui était pour elle plus qu'un grand frère.

Les promenades à cheval, les jeux qu'elle partageait jadis avec Gilbert n'avaient plus aucun attrait pour Marylou. Elle préférait se jeter à corps perdu dans les études, sans toutefois priver Anna Dornoy de l'aide qu'elle lui apportait dans la maison. Il lui arrivait cependant d'interrompre son travail et de courir vers sa chambre où, dans le tiroir de sa table de chevet, se trouvait, parmi les lettres de Gilbert, un instantané représentant l'adolescent sur la plage, en train de lancer une flèche avec un arc de sa fabrication, et cela dans une attitude particulièrement harmonieuse. Cette photo était devenue un véritable objet de culte pour Marylou.

Les jours qui précédaient l'arrivée de l'un des deux voiliers, une impatience fiévreuse s'emparait d'elle, car il était bien rare que le paquet postal ne contînt pas une lettre de Paris.

Au début, la nouvelle de l'amitié qui liait son grand frère à cet inconnu, Jean Monier, avait éveillé en Marylou un sentiment proche de la jalousie. Mais elle avait vite compris que ce nouvel ami ne l'avait pas supplantée dans le cœur de Gilbert : ses lettres n'étaient-elles pas, en effet, toujours aussi affectueuses et pleines de sollicitude pour sa petite sœur ?

Pierre et Anna Dornoy, à qui Marylou montrait les lettres de Gilbert, suivaient avec joie l'évolution de l'affection fraternelle, développée par l'épreuve de la séparation. Cependant, leur prudence et leur délicatesse leur dictaient une extrême réserve en cette matière.

— Il ne faut pas brusquer les jeunes cœurs, avait l'habitude de répéter Pierre.

Et Anna approuvait silencieusement.

Pour la cinquième fois depuis le départ de Gilbert, *La Mouette* vint jeter l'ancre dans la petite baie de l'Ile Enchantée. Comme d'habitude, le bateau apportait, en même temps que diverses marchandises, tout un courrier. Une enveloppe de format particulier, à en-tête imprimé, attira l'attention de

Pierre Dornoy venu avec Marylou pour accueillir l'équipage. Il fronça les sourcils et glissa dans sa poche cette enveloppe. Une lettre de Paris était adressée à « Mademoiselle Marie-Louise Dornoy », ainsi qu'une autre portant son propre nom.

— Rentre vite, Marylou, lui dit-il en lui remettant les deux missives. Maman attend sans doute impatiemment des nouvelles de Gilbert. Je lirai mon courrier à mon retour. Il faut d'abord que je parle au capitaine.

Toute joyeuse, serrant sa lettre contre son cœur, Marylou se mit en route. Des nouvelles de Gilbert, c'était une fête pour elle. Aussi attendait-elle toujours d'être seule, dans sa chambre, pour décacheter l'enveloppe.

Pendant ce temps, Pierre Dornoy écoutait le rapport du commandant.

— Tout a bien marché, monsieur Dornoy. Les marchandises ont été enlevées en un tournemain et à des prix intéressants. Les produits de votre île sont très demandés sur le marché. Mais les douaniers nous cherchent depuis quelque temps la petite bête. Ils reniflent la moindre noix de coco comme s'ils voulaient y découvrir de la fraude. Et à les voir faire l'inventaire complet de la cargaison, on pourrait croire qu'ils tentent de supputer les revenus de l'île.

Pierre hocha la tête.

— Oui, je sais. L'Etat s'intéresse un peu trop, ces temps-ci, à mon exploitation. Ces messieurs du ministère doivent se demander s'ils n'ont pas fait une mauvaise affaire en affermant l'île. La lettre officielle que vous m'avez apportée m'en fournit, je le crains, une nouvelle preuve.

Le capitaine présenta alors au maître de l'Ile

Enchantée les comptes des dernières transactions. Ils discutèrent encore affaires pendant quelques minutes, puis Pierre dit :

— Nous vous attendons ce soir à dîner, commandant. Ma femme vous fait dire qu'elle a préparé vos plats favoris.

Le marin prit un air ravi.

— Mme Dornoy est non seulement une hôtesse charmante, mais aussi un cordon bleu accompli. Sa table me changera bien de la popote de mon cuisinier. L'eau me vient à la bouche rien qu'à y penser.

— Puisqu'il en est ainsi, soyez notre invité pendant toute la durée de votre séjour dans l'île, dit Pierre. Je vous enverrai tout à l'heure une voiture, les loups de mer sont généralement de piètres alpinistes.

— Vous avez raison. La vie en mer finit par nous rouiller.

Pierre prit congé du capitaine, remonta à cheval et se dirigea vers la maison, tout en réfléchissant aux conséquences de la lettre officielle dont il devinait sans grand effort le contenu.

Marylou vint au-devant de lui, les yeux brillants, pour lui communiquer les nouvelles de Gilbert. Elle s'animait dans son récit et son visage retrouvait son expression de gaieté enfantine qui en accentuait le charme.

Anna vint à la rencontre de son mari au seuil de la maison.

— Tout va bien, lui annonça Pierre. Le capitaine se fait une fête de ton invitation. J'ai pris la liberté de l'inviter en ton nom pour demain et après-demain.

— Tu as très bien fait, Pierre.

— Et maintenant, il est temps que je lise à mon tour les lettres de notre garçon.

Il prit place dans un fauteuil et Anna lui tendit l'enveloppe. C'est avec des lueurs de satisfaction dans les yeux que le père lisait la longue missive. Quand Marylou lui donna à lire la lettre qui lui était adressée personnellement, il la parcourut à son tour, un sourire aux lèvres, puis il fit mine de vouloir la glisser dans sa poche.

— Papa ! Ma lettre ! réclama aussitôt Marylou. Tu ne me la rends pas ?

— Pourquoi ? s'étonna le père en souriant. Je pense que tu l'as déjà lue ?

— Bien sûr, trois fois.

— Mais alors, tu dois la connaître par cœur.

— Qu'est-ce que cela peut bien faire ? Je garde toutes les lettres de Gilbert. Et je les relis souvent pour voir s'il n'a pas changé.

— Eh bien, puisqu'il en est ainsi, il faut vraiment que je te restitue ton bien. Toutefois, je puis te rassurer : il n'y a aucun danger que Gilbert modifie ses sentiments, du moins envers toi. Tu le connais vraiment bien mal.

— Moi, je connais mal Gilbert ? répondit Marylou indignée. Je le connais mieux que personne.

— Mais oui, mais oui, fit Pierre, conciliant. Et maintenant, laisse-nous, ma chérie, j'ai à parler affaires avec maman.

Lorsqu'ils furent seuls, Pierre tira de sa poche la lettre à laquelle il ne cessait de songer depuis deux heures.

— Que penses-tu que contient cette enveloppe, Anna ?

Elle le regarda, éperdue.

— Pierre !...

Il hocha la tête.

— Oui, Anna, je crois bien que je t'apporte la nouvelle que nous redoutions, dit-il en ouvrant la lettre.

Il la parcourut, puis la tendit à sa femme. Celle-ci lut à son tour, en blêmissant.

— La semaine prochaine, vingt-cinq ans se seront écoulés depuis la signature du contrat qui nous accordait la concession de l'île. L'Etat a hâte de récolter ce que nous avons semé. Heureusement, cela ne nous prend pas au dépourvu.

— Oh, Pierre !

— Du courage, Anna. Cette nouvelle n'est pas un désastre. Réfléchis bien.

— Réfléchir, Pierre ? Réfléchir quand il faut quitter sans retour tout ce que nous avons construit et aimé ? Cette île n'est-elle pas la grande œuvre de ta vie ? Et tu la laisserais le cœur léger sans verser une larme ?

— Non, Anna, je mentirais en disant qu'il ne m'en coûtera pas de quitter l'île. Mais enfin il ne faut pas dramatiser. Depuis que j'ai prévu tout cela, j'ai eu le temps de m'habituer à cette idée et de me faire une raison. J'ai même trouvé certains avantages à cette solution. Elle nous permettra de passer nos vieux jours auprès de nos enfants. Gilbert trouverait, en effet, difficilement à satisfaire ses ambitions dans notre petit paradis, et nous ne pouvons pas non plus faire de Marylou une vraie sauvageonne. Il faudra tôt ou tard qu'elle connaisse le monde. Enfin, le jour n'est pas si loin où elle sera en âge de se marier.

— Ne penses-tu pas que Marylou et Gilbert... ?

— Oui, je sais et je partage ton espoir. Mais enfin,

nous n'avons pas le droit de garder la petite à l'écart du monde. A son âge, on peut encore changer.

Anna poussa un profond soupir.

— Tu as sans doute raison, Pierre.

— N'oublie pas que nos moyens nous permettent d'organiser très confortablement notre retraite. Nous pourrions acheter une villa sur la côte où la vue de la mer nous rappellera constamment notre île. Je vais employer les dernières années de notre séjour dans l'île à une exploitation méthodique de la mine de gemmes. La vente de notre cheptel nous rapportera, d'ailleurs, une somme qui arrondira considérablement notre dépôt en banque. Nous serions riches même sans nos pierres.

— Peut-être, mais cette façon de nous signifier notre congé n'en est pas moins cruelle.

— Ma pauvre Anna, dans le monde de la politique et des affaires on ne s'embarrasse pas de pareils scrupules. Peu importe à l'Etat de savoir ce que cette île est devenue pour nous après un séjour de vingt-cinq ans. Mais il y a encore une autre raison qui me fait envisager ce départ forcé comme un signe de la Providence. Nous ne sommes plus tout jeunes, mon amie, et nous le serons encore moins dans cinq ans quand il nous faudra nous en aller d'ici. Eh bien, ne penses-tu pas que lorsque l'un de nous devra disparaître, l'autre sera plus heureux de vivre auprès de ses enfants et non dans la solitude de cette île ? Il faut penser à tout.

— Pas à cela, s'écria Anna en se jetant dans les bras de son mari. Ce serait tellement plus beau de finir ensemble notre vie, le même jour.

Pierre lui donna une tape affectueuse sur l'épaule.

— Bien sûr, mais nous allons chasser ces pensées lugubres. Nous ne sommes pas pressés, n'est-ce pas ?

Ils se tinrent un long moment, étroitement enlacés. Puis Pierre dit :

— Il y a encore quelqu'un à qui cette nouvelle portera un coup grave.

Anna leva le regard.

— Tu penses à M. Morel ?

Il fit oui de la tête.

— Je crains qu'il ne puisse plus s'adapter au monde civilisé. Je le crois incapable de refaire sa vie. Mais nous ne le quitterons pas, n'est-ce pas, Anna ?

— Oh non ! Nous l'emmènerons et il continuera à faire partie de notre famille.

Justement le pas du précepteur retentit sous la véranda. Pierre le pria d'entrer.

— Y a-t-il du courrier à préparer pour le départ de *La Mouette ?* demanda M. Morel.

— Pas pour le moment. Mais j'ai par contre une nouvelle à vous annoncer. Tenez-vous bien, je serai obligé de vous faire de la peine.

Le précepteur dévisagea Pierre avec effroi.

— Quelque chose est-il arrivé à Gilbert ?

— Non, Dieu merci, notre fils va bien et il vous envoie ses meilleurs souvenirs. Mais j'ai reçu, en même temps que la sienne, une lettre officielle. Il nous faudra quitter l'île.

M. Morel devint livide. Il fixa Pierre avec des yeux hagards.

— Partir d'ici ?

— Allons, monsieur Morel, ressaisissez-vous. Après tout, est-ce un malheur de retourner à la civilisation ? Nous avons assez joué aux Robinsons. Ce n'est pas une raison pour nous séparer, d'ailleurs.

Le vieil homme ne parvenait pas à dominer son désarroi. Il regardait tour à tour Pierre et Anna, comme dans l'espoir d'entendre le démenti de cette terrible nouvelle.

— La perspective de partager un jour notre retraite dans une maison de campagne vous est-elle si désagréable ? demanda Pierre en s'efforçant de prendre un ton malicieux. Pour ma part, je ne saurais plus me passer de votre aide ni de votre amitié.

— Si vous croyez que je puisse accepter votre proposition, monsieur Dornoy, je le ferai avec joie, bien que je ne vous serve plus à grand-chose. J'avoue que je frémis à la pensée que je pourrais être obligé de chercher une nouvelle situation. J'ai définitivement rompu avec mon ancien milieu à la suite de pénibles conflits et maintenant je n'ai plus de relations. Toutes ces années passées dans l'île n'ont fait qu'accroître ma timidité naturelle. Vous avez remplacé à la fois ma famille et mes amis.

— Eh bien, nous continuerons à le faire aussi longtemps que vous le voudrez, conclut Pierre. En acceptant de vous expatrier pour vous charger de l'instruction de nos enfants et mettre votre érudition à notre service, vous avez acquis des droits à notre reconnaissance. Sans vous, Gilbert et Marylou seraient à peine moins ignorants que les enfants des indigènes, car ni ma femme ni moi n'avons votre don de l'enseignement, sans compter vos vastes connaissances qui nous manquent.

— Oui, votre place est parmi nous, monsieur Morel, dit Anna, et maintenant, permettez-moi de me retirer. Il me faut voir si tout va bien à la cuisine. Le capitaine de *La Mouette* est un fin gourmet et je ne voudrais pas le décevoir.

Quelques minutes après, Marylou entrait dans le petit salon où se tenaient les deux hommes. S'adressant à Pierre Dornoy :

— Maman m'a dit que tu as une grave nouvelle à m'apprendre. De quoi s'agit-il ?

Pierre prit dans ses bras son enfant d'adoption.

— Ecoute-moi bien, ma petite, et tâche d'être raisonnable. Dans cinq ans il nous faudra quitter notre île. Tu seras alors une grande jeune fille et il te faudra faire un voyage en France pour connaître un peu le monde. Or, nous n'aimerions pas t'y voir aller seule.

— Et Gilbert ? demanda-t-elle d'une voix anxieuse.

— Gilbert sera alors au terme de ses études. Il fera encore un bref séjour ici, puis nous partirons tous ensemble.

Marylou poussa un profond soupir de soulagement. Son angoisse s'évanouit.

— Oh, papa ! Je craignais seulement que cela ne m'oblige à me séparer à nouveau de Gilbert.

— Il n'en est pas question.

— Mais alors pourquoi aurais-je de la peine ? J'aime bien notre île, mais enfin, avec vous, Je serai heureuse partout.

De tous les occupants blancs de l'Ile Enchantée, Marylou fut celle qui prit l'annonce du départ avec le plus de philosophie. Pour elle, cette obligation n'avait rien de tragique. C'est que, déjà, sa patrie, c'était le cœur de Gilbert.

Sur ces entrefaites, le capitaine arriva, portant un paquet assez volumineux.

— J'avais oublié, tout à l'heure, de vous remettre ce colis, dit-il. Comme il vient de Paris, je me ferais difficilement pardonner ce retard par mademoiselle Marie-Louise.

Pierre rompit les ficelles et déplia le papier qui enveloppait un carton. Celui-ci contenait de nombreux cadeaux. M. Dornoy et M. Morel devinrent chacun les propriétaires d'une magnifique pipe en écume, Mme Dornoy reçut un somptueux sac à main de cuir verni. Quant à Marylou, elle vit son nom marqué sur un petit paquet placé au fond du carton. Elle le défit et resta un instant comme anéantie de joie. Gilbert exauçait ses désirs les plus secrets. Un stylo de grande marque! Il y avait longtemps qu'elle mourait d'envie d'en avoir un. Un nécessaire de couture où rien ne manquait, depuis un assortiment complet d'aiguilles et de crochets jusqu'aux minuscules ciseaux de broderie. Quant au petit écrin enveloppé de papier de soie, où étaient tracés ces mots : « Pour les treize ans de Marylou », il la plongea littéralement dans l'extase. Il contenait une ravissante montre-bracelet en or, d'un modèle original et particulièrement heureux. Marylou ne pouvait en détacher ses regards.

— Puis-je l'essayer, papa ?

— Bien sûr, voyons, cette montre est à toi.

Il l'aida à passer le bracelet à son poignet.

— Comme cela je pourrai voir les heures passer et l'attente me paraîtra peut-être moins longue, dit-elle.

Il n'y avait plus à se méprendre sur le sens de ses paroles. Depuis le départ de Gilbert, Marylou ne vivait que pour l'attendre.

On se mit à table et le capitaine eut une fois de plus l'occasion d'apprécier les talents culinaires de la maîtresse de maison. Tout le monde discuta et blâma l'attitude de l'Etat envers un colon qui, de ses propres forces, avait transformé cette terre inhabitée et inculte en un petit paradis.

Cinq jours plus tard, on fêta le treizième anniversaire de Marylou. On ignorait, il est vrai, la date exacte de sa naissance, mais on avait adopté celle de sa découverte par Gilbert au large de l'Ile Enchantée comme si elle marquait sa troisième année.

Lorsque Marylou eut éteint la treizième bougie de son magnifique gâteau d'anniversaire, Anna la prit dans ses bras, l'embrassa tendrement et lui passa au cou un bijou soigneusement conservé pendant dix ans.

— Ce médaillon a été trouvé sur ta pauvre mère, dit-elle. J'ai attendu pour te le remettre que tu sois assez grande pour apprécier sa valeur de souvenir. Tu devras conserver ce médaillon comme une relique. C'est la seule chose qui te rappelle ta véritable maman.

A ce dernier mot, Marylou pâlit. Elle se jeta en sanglotant dans les bras d'Anna.

— Je suis ton enfant, maman, le tien et celui de papa, dit-elle d'une voix entrecoupée. Je ne me rappelle plus du tout mon autre mère, tout ce que je connais d'elle, c'est sa tombe sous les palmiers. Nous y avons souvent porté des fleurs, Gilbert et moi. Gilbert tenait à ce que cette tombe soit toujours fleurie. Mais je n'ai pas d'autre maman que toi, je le sens bien. Je n'appartiens qu'à vous... et à Gilbert qui m'a trouvée en mer.

Anna serra tendrement contre son sein sa fille adoptive.

— Nous aussi, nous te considérons comme notre enfant et Gilbert qui t'a sauvé la vie t'aime profondément. Néanmoins, tu ne dois pas oublier ta mère.

— Non, je ne l'oublie pas et je pense parfois à elle comme à un ange lumineux qui me protège et veille sur mon sommeil. Cependant, quand je suis réveillée, je suis votre enfant.

— C'est bien, ma chérie, continue toujours à penser à ta mère comme à un ange qui te protège et veille sur toi.

— Je te le promets, maman, dit Marylou en examinant le médaillon.

Elle l'ouvrit et vit la photographie d'un homme dont on distinguait mal les traits.

— Ce doit être ton père, dit Anna. Ce médaillon peut, la chance aidant, nous mettre un jour sur les traces de ta famille.

— Quand bien même je devrais trouver une autre famille, je ne vous quitterai jamais, dit Marylou avec feu.

Anna caressa les boucles de sa grande enfant, puis, écartant une mèche sur une des tempes, elle découvrit, à la naissance des cheveux, une tache brune de la grosseur d'une lentille. Elle y posa un baiser et les boucles claires retombèrent, dissimulant la petite marque.

Tout à coup, une idée traversa l'esprit de Marylou.

— Mais puisque je ne suis pas votre fille, Gilbert n'est pas non plus mon frère.

— Evidemment, Gilbert n'est que ton frère adoptif.

Le visage de Marylou devint soucieux. Elle ne savait si elle devait déplorer de ne pas être la sœur de Gilbert ou s'en réjouir.

— Pourtant, je suis à lui, puisque je lui dois d'être en vie.

Pierre et Anna échangèrent un sourire. Ils n'avaient pas besoin de paroles pour se comprendre.

Ce soir-là, Marylou écrivit une longue lettre à Gilbert, où elle le remerciait de ses beaux cadeaux et elle la termina par ces paroles ingénues et touchantes :

« Bien que je ne sois pas ta vraie sœur, je sens que je suis à toi. Et je ne conçois pas qu'il puisse en être autrement. »

CHAPITRE VIII

C'était une belle matinée de la fin de mars. Jean Monier fut réveillé de bonne heure par le soleil qui inondait sa chambre située au sixième étage d'un hôtel d'étudiants.

Il sauta du lit et, en pyjama, sortit sur le balcon qui constituait le plus grand attrait de cette modeste mansarde. Certes, son carnet de chèques aurait permis à Jean d'occuper une de ces chambres spacieuses à tapis et à fauteuils de velours des étages inférieurs, réservées aux étudiants pourvus de fortune. Mais Jean avait opté pour sa mansarde autant par goût que par économie. Par économie, car il s'était promis de n'avoir recours à son compte en banque que pour les frais d'études proprement dits — droits d'inscription, de laboratoire, achat de livres —, par goût, parce que, contrairement à ces belles chambres du premier qui, avec leur vue sur le mur gris de l'immeuble d'en face, lui rappelaient de confortables cellules de prison, sa chambrette sous les combles, avec son balcon encastré dans le toit, lui donnait une merveilleuse sensation de liberté.

Une grande partie de la ville était à ses pieds, et les arbres du jardin proche dont il pouvait apercevoir les frondaisons verdissantes lui dispensaient chaque matin et chaque soir leurs effluves chargés des senteurs subtiles annonciatrices du printemps.

Certes, le chant du fleuve qui avait bercé son enfance lui manqua longtemps. Mais les bruits de la ville, multiples et variés, remplaçaient pour lui maintenant le clapotis de l'eau.

Il était sept heures et les cours commençaient à neuf heures. Jean avait ainsi deux heures libres, dont il décida de tirer le maximum de plaisir et de profit. Comme de coutume, il commença sa journée par quelques mouvements respiratoires sur le balcon, suivis de dix minutes de culture physique au milieu de la chambre. Il fit ensuite sa toilette, s'habilla et descendit, sa serviette bourrée de livres sous le bras.

Le facteur venait justement de passer et, en accrochant sa clef au tableau, Jean vit dans sa case une enveloppe. La vue du timbre américain et l'adresse tracée d'une écriture déliée fit battre son cœur. Il saisit la lettre et, sans s'arrêter dans le café où il avait coutume de prendre son petit déjeuner, il courut au jardin du Luxembourg, encore à peu près désert à cette heure matinale. Là, sur un banc isolé, il décacheta l'enveloppe et il lut :

« Cher monsieur,

« Ces quelques mots pour vous annoncer la visite imminente d'un ami de mon père qui se rend à Paris. Il ira vous transmettre nos salutations amicales et vous parler en même temps de choses qui vous touchent de près ! Vous m'obligeriez personnellement en lui réservant un aimable accueil et en faisant preuve de bonne volonté à son égard. Mon père se joint à moi pour vous exprimer une fois de plus notre amitié reconnaissante.

« MILDRED WARREN. »

Jean relut cette brève lettre à trois reprises, cherchant en vain un mot propre à lui fournir la clef de l'énigme qu'elle contenait. Un inconnu, un Américain sans nul doute, allait venir lui parler de choses qui le touchaient de près ? Pourquoi Mildred l'assurait-elle qu'il l'obligerait en recevant bien cet étranger ? Pour quelle raison n'accueillerait-il pas aimablement un ami de Mr. Warren ? Tout cela l'intriguait au plus haut point, et il avait beau fouiller dans ses souvenirs, rien n'éclairait cette étrange communication.

Finie la perspective ébauchée de travailler dans le jardin pendant une heure. Il ne fallait plus y songer. La lettre de Mildred avait détruit sa tranquillité. Jean essaya bien de lire, mais il dut vite y renoncer. Perplexe et échafaudant des hypothèses qu'il rejetait aussitôt parce que trop invraisemblables, Jean gagna le petit café, déjeuna au comptoir, puis se dirigea à pas lents vers la Faculté.

C'était un samedi et, comme chaque semaine, il devait déjeuner ce jour-là chez Alice Ponsard. Il attendit avec impatience midi pour rejoindre Gilbert à qui il avait hâte de conter la nouvelle.

A l'heure précise, Jean sonnait à l'appartement de la rue du Bac.

— Je vous félicite de votre exactitude, monsieur Monier, dit la maîtresse de maison. Gilbert est déjà là, lui aussi, et il m'a apporté une nouvelle de taille. Vous pourrez en juger par vous-même.

Les repas chez la sœur de Pierre Dornoy étaient toujours très animés. Alice avait chaque fois mille et une choses à raconter aux deux convives et sa conversation ne manquait jamais d'intérêt. Mais ce jour-là, la parole était surtout à son neveu.

Gilbert n'attendit pas longtemps pour mettre son ami au courant de la nouvelle.

— Je viens de recevoir une lettre de mon père. Il m'annonce que son contrat avec le gouvernement dont dépend notre île vient d'être dénoncé. Dans cinq ans, il ne nous restera plus qu'à plier bagages.

— Et qu'en pense ton père, Gilbert ? demanda Alice.

— Eh bien, il n'en paraît pas trop affecté. Il n'a pas l'habitude, d'ailleurs, de prendre les choses au tragique, et quelle que soit la tournure des événements, il en voit surtout le bon côté.

— Oui, c'est bien sa nature. Ce départ n'en signifie pas moins pour lui la fin d'une affaire très prospère.

— Certes, dit Gilbert ; mais si catastrophe il y a, c'est une catastrophe sur le plan moral plus que sur le plan matériel. Mon père a acquis, en exploitant son île, une fortune assez considérable dont il pourra jouir n'importe où. Je me demande seulement si lui et maman se rendent compte à quel point ils sont attachés à ce coin perdu de la terre.

— Et toi, Gilbert ? demanda Jean. Renonceras-tu facilement à l'Ile Enchantée ?

Gilbert réfléchit un instant, semblant scruter ses propres sentiments.

— Eh bien, pour être absolument sincère, je n'ai

ressenti aucun bouleversement en lisant la lettre de mon père. Evidemment, j'aime notre île, mais ces dernières années, j'étouffais dans son cadre étroit. Non, mon avenir n'était sûrement pas dans cette oasis de paix. Je ne nie pas que le monde civilisé m'ait d'abord intimidé et rempli d'un sentiment d'infériorité, mais j'ai vite surmonté cette impression. Je sens maintenant très nettement que ma place n'est pas là-bas. Je conserverai de l'île un souvenir lumineux, mais c'est tout. Aussi, de mon point de vue personnel, suis-je presque content de savoir que mes parents viendront me rejoindre. D'autre part, pourtant, je comprends leurs regrets. Quant à Marylou, elle est à l'âge où l'on s'adapte à n'importe quel milieu. L'essentiel, c'est qu'elle ne nous quitte pas. Sa lettre montre bien que la perspective du départ ne l'attriste aucunement.

— Auras-tu encore l'occasion de retourner dans l'île ? demanda Jean.

— Très certainement. Avec mon diplôme en poche, j'irai chercher mes parents et la petite. Mes derniers examens auront lieu cinq mois avant l'expiration du contrat. Et dès lors, nous ne nous séparerons plus. Est-ce parce que nous avons vécu à l'écart du monde ? En tout cas notre famille est plus étroitement unie que toutes celles que j'ai rencontrées depuis. Notre affection réciproque nous est aussi indispensable pour vivre que l'air pour respirer. Mais d'ici-là, il faut que je prenne patience. Mon père affirme souvent avec conviction que « les voyages forment la jeunesse », ce qui n'est pas pour me déplaire. Aussi vais-je visiter l'Italie pendant les vacances de Pâques, et à l'occasion des grandes vacances, j'envisage de franchir l'Atlantique. New

York est tellement plus facile à atteindre que notre île perdue dans le Pacifique !

— Je regrette de ne pouvoir t'accompagner à Naples et à Rome, dit Alice. Il est vrai que cela n'aurait pas été mon premier voyage dans ce pays merveilleux, ajouta-t-elle, cependant j'y retourne toujours avec plaisir. Malheureusement, j'ai toutes sortes d'obligations pour la semaine de Pâques. Mais je pense que M. Monier est libre ?

— Oh non, dit Jean, confus. J'ai d'autres projets pour ces vacances. Mes études m'absorbent tellement.

Alice lança à son neveu un regard de complicité.

— J'ai cru comprendre, l'autre jour, à la rédaction de mon journal, que quelques reportages sur les progrès techniques réalisés récemment par les industries européennes seraient bien accueillis. Il s'agirait d'articles de vulgarisation. Ne pourriez-vous pas vous en charger, monsieur Monier ? Réfléchissez-y. Nous en reparlerons dans quelques jours.

La perspective d'un voyage dont les frais seraient couverts par un travail commandé séduisait Jean, et l'œil attentif d'Alice surprit dans son regard une lueur d'espoir.

— Passons maintenant dans le studio, dit Alice en se levant. Nous y serons mieux pour prendre le café.

Le studio de la journaliste tenait à la fois de la bibliothèque, de la galerie d'art, du bureau, du salon et du boudoir. Cette curieuse pièce, unique en son genre, révélait bien la vaste culture de la maîtresse de la maison et l'intérêt que son intelligence vive et curieuse portait à toutes les manifestations de la vie de l'esprit, sans rien abdiquer de sa féminité.

— Je compte absolument sur vous, ce soir, dit-elle

après avoir désigné un fauteuil à chacun des jeunes gens. Mes invités ne sont pas très nombreux mais d'autant plus choisis. Le clou de la soirée sera l'exposé de la nouvelle pièce de Dubreuil, dont la première est impatiemment attendue. L'auteur a bien voulu me promettre de nous en donner la primeur en nous en lisant quelques scènes. Je prévois une discussion animée, car le sujet ne manque pas d'originalité.

Jean hésita.

— Je n'ose pas m'engager, madame. Depuis quelques jours, j'ai la permission d'effectuer, dans un laboratoire de la Faculté, une série d'expériences personnelles. Et je comptais justement travailler ce soir.

— Tatata... vous travaillerez demain et les autres jours. Gilbert est d'accord avec moi, je pense. Vous serez des nôtres ce soir, j'y tiens.

Jean connaissait trop bien le caractère un tantinet autoritaire d'Alice Ponsard pour persister dans son refus. Après tout, il avait la clef du laboratoire et pouvait rattraper la soirée perdue pendant la journée de dimanche.

Tandis que les deux amis suivaient le boulevard Saint-Germain, Jean dit à Gilbert :

— Le courrier de ce matin m'a apporté une grosse surprise, à moi aussi.

— Je parie qu'il s'agit d'une lettre d'Amérique, répliqua Gilbert.

— Oui, la lettre est de Mildred. Elle ne contient que quelques lignes qui m'intriguent beaucoup.

Sans commentaire, il tendit la feuille à Gilbert. Celui-ci lut en plissant le front.

— Ce doit être un industriel qui vient t'acheter ton invention.

— Mon invention ? Mais elle est loin d'être au point. A vrai dire, je n'en suis encore qu'aux expériences préliminaires.

— Dans ce cas, il ne nous reste qu'à attendre le fin mot de l'histoire. Ce monsieur finira bien par dévoiler le mystère de cette lettre sibylline.

Ils marchèrent encore côte à côte pendant quelques minutes, puis se séparèrent pour se rendre chacun à ses occupations.

*
* *

Jean et Gilbert causaient depuis un quart d'heure dans un coin du studio de la rue du Bac, où plusieurs invités étaient déjà réunis lorsque M. Dubreuil, l'auteur en vogue, fit son apparition. C'était un homme d'une trentaine d'années, grand et mince, dont le fin visage révélait un esprit délié doublé d'une grande sensibilité. Son sourire, qui ne le quittait guère, était à la fois railleur et indulgent. Faiblesses et travers excitaient la verve de ce jeune écrivain, — car il avait le sens de l'humour — mais trouvaient aussi en lui un défenseur ardent — car il avait du cœur. Ce curieux mélange d'esprit satirique et de compréhension généreuse produisait, au théâtre, des effets inattendus, pleins de saveur.

M. Dubreuil fut aussitôt entouré et questionné sur sa dernière pièce : « Le Retour du Père Prodigue ». Il ne se fit pas prier et, après avoir pris un verre de porto, il exposa sa thèse.

— Le héros de ma pièce est le légendaire roi d'Ithaque, toutefois j'ai pris la liberté de m'écarter de la conception d'Homère. Mon Ulysse, la guerre terminée, se trouve devant un dilemme : rejoindre la fidèle Pénélope et son fils Télémaque, ou continuer sa vie aventureuse et pleine d'imprévu. Et Ulysse opte délibérément pour la seconde alternative. Il est las de Pénélope, Télémaque ne l'intéresse guère et son petit royaume ne lui donne pas l'occasion d'utiliser son formidable esprit de ruse.

« Alors, il s'en va vers Nausicaa, vers Circé, vers l'Aventure... Il ne bouche de cire les oreilles de ses compagnons que lorsque les voix enchanteresses des sirènes lui chantent les vertus de Pénélope, afin de faire revenir le volage époux dans le droit chemin.

« Après maints avatars, Ulysse se souvient cependant qu'il a un fils. Le besoin de prolonger son existence à travers son rejeton s'empare de lui. Le remords le ronge et il se met à la recherche du bonheur dédaigné. Le père prodigue retrouve enfin son royaume abandonné, son foyer déserté. Dans l'épopée antique, il est reconnu par son chien qui ne l'avait pas vu depuis vingt ans, et celui-ci l'accueille avec joie. Chez moi, le chien se jette sur lui avec fureur et le mord. Car le chien n'est qu'un animal et son âme ignore la bonté. Pénélope, qui se sait trahie, se meurt, après avoir été frappée de cécité — on ne passe pas impunément ses jours et ses nuits à broder et à défaire une toile, — et Ulysse vient au dernier moment pour obtenir son pardon. Quant à Télémaque, il avait voulu d'abord mettre à la porte le vagabond, mais ayant reconnu son père, il se jette dans ses bras. Nous ne sommes que des êtres de chair et de sang et nous avons besoin du pardon de notre prochain. Que celui qui est sûr de ne jamais être tenté de suivre la trace d'Ulysse lui jette la première pierre. »

— Eh bien, je la lui jette ! s'écria Jean qui s'était dressé, les yeux flamboyants. Votre Ulysse ne mérite pas le pardon de son fils. Je le condamne à errer jusqu'à la fin de ses jours.

Alice jeta un regard à Gilbert. Elle connaissait par son neveu le drame qui avait assombri l'enfance de Jean, et la raison de son indignation n'était que trop claire pour elle.

M. Dubreuil fixa sur son contradicteur un regard plein de sympathie.

— Votre réaction est certainement normale sur le plan absolu, dit-il. Permettez-moi de douter cependant de la solidité de votre sentiment dans le monde des réalités. A la place de Télémaque, devant un homme miné par la souffrance, animé d'un sincère repentir, si le même sang coule dans vos veines, vous fléchiriez certainement. S'avouer incapable de pardonner ses faiblesses à son propre père, c'est renoncer délibérément au pardon d'autrui lorsqu'on aura succombé à son tour.

Jean ne répondit pas. Une voix lui disait que cet écrivain n'avait pas entièrement tort, et pourtant la rancune contre celui qui avait abandonné sa mère et n'avait jamais manifesté le désir de connaître son fils restait vivace en lui.

Il ne prit plus part à la discussion qui se poursuivit pendant quelque temps encore et il n'écouta que d'une oreille distraite les scènes dont M. Dubreuil donna lecture. Il pensait à sa mère et à celui qui l'avait soumise à une si cruelle épreuve.

Il regretta presque d'être venu. A quoi bon évoquer de si pénibles souvenirs ? Il ne voulait plus penser à son père, ni entendre des plaidoiries en sa faveur.

Vers dix heures, Jean prit congé de la maîtresse de maison et de Gilbert et il sortit. L'air doux de cette soirée de printemps lui fit du bien. Il longea à pas lents le boulevard puis il gagna sa mansarde.

« Oublions tout cela, se dit-il. Il s'agit maintenant de travailler. »

Il était décidé à faire son chemin dans la vie. Tout l'y poussait, sa passion de la science, ses ambitions, son désir de justifier la confiance de Mr. Warren et l'amitié de Mildred. L'amitié ? Au fond de son cœur, Jean savait que son sentiment allait plus loin.

L'image de la jeune fée lointaine l'accompagnait partout ; et, ce soir-là, c'est encore elle qui délivra son esprit du souvenir amer que M. Dubreuil avait involontairement fait revivre en lui.

CHAPITRE IX

Ce jour-là, en rentrant à son hôtel au terme d'une après-midi passée au laboratoire, Jean sifflotait joyeusement. Ses expériences étaient en bonne voie et son chef lui avait promis de lui laisser la clef de ce temple de la chimie pendant toute la durée du troisième trimestre. Il tenait Jean en grande estime, ayant eu maintes occasions d'apprécier ses qualités intellectuelles et morales.

— Et si vous passez vos vacances à Paris, monsieur Monier, avait-il ajouté, nous tâcherons de nous procurer les produits qui vous seront nécessaires. Cela vous avancera peut-être pour votre thèse.

Jean allait décrocher au tableau la clef de sa chambre quand le gérant de l'hôtel s'approcha de lui.

— Un monsieur est là, dans le hall, qui désire vous parler. Il attend depuis une bonne heure. Je lui avais dit pourtant que vous rentriez rarement avant sept heures.

La lettre de Mildred ! Oui, ce ne pouvait être que le visiteur qu'elle annonçait. Dans quelques minutes, la troublante énigme serait résolue.

Jean pénétra dans le hall et fit un pas vers l'unique occupant de la pièce, un homme d'âge mûr, assis dans un fauteuil. Il semblait plongé dans ses pensées et son regard fixait un point vague de l'espace.

— Je suis Jean Monier, dit le jeune homme en s'approchant. Vous désirez me parler ?

Comme tiré d'un songe, l'étranger se redressa brusquement et les yeux des deux hommes se rencontrèrent. Ils demeurèrent ainsi un instant, silencieux, se scrutant réciproquement du regard comme si chacun cherchait à deviner s'il avait devant lui un ami ou un adversaire.

Soudain, Jean tressaillit. Il venait d'apercevoir dans la glace du hall le reflet du visage du visiteur auprès du sien. Ce regard pénétrant, ces yeux d'un gris bleuté, sous un front large et légèrement bombé, cette chevelure claire et abondante, ce nez droit, ce menton bien accusé... C'étaient ses propres traits !

— Il faut que je me présente à mon tour, dit l'étranger d'une voix rendue rauque par l'émotion. Je suis... Georges Monier.

Jean restait immobile, comme frappé de stupeur. La gorge sèche, les yeux brûlants, il dévisageait l'étranger. Cette ressemblance frappante, il en comprenait maintenant la raison.

— Georges Monier ? répéta-t-il enfin, et son regard devint presque menaçant. Montons dans ma chambre, il est préférable que nous évitions des témoins éventuels...

En silence, ils gagnèrent la mansarde. En faisant un effort pour ne pas laisser éclater sa colère, son mépris, sa haine, Jean désigna à son visiteur l'unique siège et s'assit lui-même sur le bord de son lit.

Georges Monaw semblait effondré. Assis en face de Jean, le menton sur la poitrine, les yeux rivés au plancher, il offrait un spectacle d'accablement et de tristesse.

— Oui, je m'appelle Georges Monier, dit l'homme, comme à lui-même, et je pense qu'il est inutile d'ajouter que je suis...

Il leva sur Jean un regard plein d'angoisse.

— Je suis ton père.

Jean serra les dents si fort que les muscles de son visage se contractèrent. Il se redressa fièrement et lança d'un ton sec :

— Vous vous êtes souvenu bien tard que vous aviez un fils.

Sous cette brusque attaque, l'homme tressaillit.

— Est-ce ta mère qui t'a inculqué la haine de ton père ? demanda-t-il d'une voix altérée.

Cette fois, Jean éclata.

— Non, j'ignore le sentiment de ma mère. Elle m'a quitté quand j'étais trop jeune. C'est mon oncle qui m'a parlé de vous, sans haine, certes, car il était bon, mais avec une immense pitié pour celle que vous aviez torturée. Oui, torturée. Saurez-vous jamais combien ma mère a souffert par vous ? Non ! Vous n'en êtes pas curieux. Vous ne vous êtes pas soucié d'elle, pas plus que de votre enfant. Peu vous importait de connaître leur sort !

Georges Monaw avait subi ce réquisitoire en silence, la tête baissée. Un profond soupir s'échappa de sa poitrine. Il semblait anéanti par le remords et son visage prit une telle expression de désespoir que Jean sentit sa colère reculer.

— Evidemment, murmura le père, j'aurais dû m'y attendre... Quelle folie d'avoir espéré !

Quelque part, dans le repli le plus secret de sa conscience, Jean entendit une voix prendre la défense de l'accusé... Mais il la fit vite taire, se reprochant sa faiblesse. Il ne voulait penser qu'à sa mère.

— Je crois, monsieur, que nous n'avons plus rien à nous dire, fit-il sèchement. Votre visite me paraît même déplacée. Je ne connaissais pas mon père jusqu'ici et je me serais fort bien passé de le connaître. Un autre homme l'a remplacé auprès de moi.

— Comme c'est simple et catégorique, dit Georges Monaw amèrement. Tu tranches bien vite cette douloureuse question. Pourquoi te refuser à entendre ma défense ? Un jugement a-t-il le droit d'être aussi péremptoire ?

Ces dernières paroles avaient été prononcées d'un ton suppliant en même temps marqué d'une réelle tendresse. Malgré sa dureté, ce garçon fier et réfléchi qui avait ainsi voué un véritable culte à la mémoire de sa mère et de son oncle, lui était déjà infiniment cher.

Une fois de plus, Jean dut évoquer le souvenir de sa mère pour ne pas faiblir.

— Ma mère est morte dans l'abandon. Mon oncle a dû se saigner à blanc pour me faire instruire. Pendant ce temps, si je ne me trompe, vous faisiez fortune en Amérique. Il suffit de vous voir pour deviner que vous êtes riche. Ah, certes, si j'avais devant moi un homme vaincu par la vie, un être qui a succombé dans la lutte pour l'existence, je le jugerais avec moins de sévérité. Son inconstance pourrait alors trouver une excuse, mais, tel que vous êtes, tout vous condamne. Nous avons été des étrangers l'un pour l'autre et nous le resterons.

Il voulut se lever pour marquer qu'il considérait

cette entrevue comme terminée. Mais Georges Monaw ne bougea pas.

— Ecoute, mon fils, même au plus inhumain, au plus endurci des criminels, la justice accorde le droit de la défense. Je ne revendique maintenant que ce simple droit. Tu m'écouteras d'abord et tu me jugeras ensuite. Oui, je suis coupable envers ta mère que j'ai abandonnée pour tenter ma chance dans un pays lointain, mais je ne suis pas coupable envers toi... je ne saurais l'être puisque je ne connais ton existence que depuis peu de jours.

Jean le fixa avec étonnement. L'accent de sincérité qui vibrait dans la voix de Georges Monaw allait-il faire fléchir son incrédulité ?

— Pourtant ma mère vous avait écrit pour vous annoncer ma naissance. Je le sais par son frère.

— C'est exact, mais je n'ai pris connaissance de ces lettres qu'il y a un mois environ. Ma première année en Amérique ne m'apporta qu'une succession d'échecs cuisants. Les uns après les autres, tous mes plans s'effondraient, toutes mes illusions s'évanouissaient. Je n'osais pas entraîner ma femme dans cette lutte de chaque instant. Je sentais que c'eût été la ruine de mes ambitions, la fin de ma carrière. Qui sait, peut-être m'abusais-je, mais, à ce moment-là, je le croyais sincèrement. J'avais besoin de toute ma liberté pour persévérer. Et pour mieux persister dans ma décision, je pris le parti de fermer les oreilles aux protestations de fidélité, de courage et d'amour de ta pauvre mère... Je n'ai pas ouvert ses dernières lettres.

« Lorsque la malchance cessa enfin de s'acharner contre moi, il était trop tard. Ta mère venait de mourir. Et son frère ne me révéla pas ton existence.

— Oui, je le sais, fit Jean d'une voix sourde, il considérait que vous aviez rompu délibérément tout lien entre nous.

— Regarde ces lettres, Jean. Ce sont celles où ta mère me parle de toi. Vois-tu ces enveloppes ? Elles sont fraîchement déchirées. Elles n'ont été ouvertes qu'il y a un mois, je te le jure. Je n'avais jamais soupçonné ta naissance, après mon départ. Je t'avoue que l'affection que je portais à ta mère n'était pas assez solide pour résister à tant d'adversité. Je ne devais connaître le véritable amour que plus tard. Quelque temps après la mort de ta pauvre mère, je me remariai et j'eus un enfant. Je perdis ma femme et ma fille dans un naufrage. Je ne saurais te dire ce que j'ai souffert. Je m'enfermai dans ma douleur, refusant toute occasion d'oubli ou de réconfort. Ma faute envers ta mère — c'est la seule que j'aie commise — je l'ai expiée par de longues années de remords et de souffrance. Lis ces pauvres lettres, tu verras que ta mère m'a pardonné d'avance, bien que je ne fusse pas digne de sa bonté. Crois-tu que si elle pouvait nous entendre maintenant, elle me retirerait son indulgence ? Crois-tu mieux honorer sa mémoire en me fermant à jamais ton cœur, en faisant fi de mon affection paternelle, et en me condamnant à finir mes jours dans une terrible solitude ?

Depuis un instant déjà, Jean écoutait son père, le visage enfoui dans ses mains. Un tourbillon de sentiments agitait son âme. Les paroles de Dubreuil lui vinrent à l'esprit : « Nous sommes des êtres de chair et de sang et nous avons besoin du pardon de notre prochain... » A la pitié pour sa mère venait se joindre en lui la pitié pour son père, une pitié immense qui ne laissait plus de place à la rancune, aux sentiments vindicatifs. Comme si les deux êtres auxquels il devait la vie se confondaient en lui pour qu'il pardonnât.

Et lorsque Georges Monaw posa sa main tremblante sur l'épaule de son fils, celui-ci, obéissant à une impulsion impérieuse, la saisit et y pressa ses yeux brûlants.

— Mon père... murmura-t-il d'une voix altérée.

Georges Monaw prit son fils dans ses bras et lui caressa les cheveux avec tendresse.

— Mon garçon... mon cher grand garçon, comme tu me rends heureux en me pardonnant. Regarde-moi dans les yeux et dis-moi que tu ne me hais plus.

Le jeune homme leva les yeux et si son père put y lire une émotion profonde, la trace d'une farouche lutte intérieure, il n'y trouva plus ni mépris ni haine.

— J'ai été trop injuste, murmura Jean, pardonnez-moi, père. Quelles que soient vos fautes passées, je sens que je suis votre fils, que je dois vous pardonner. Déjà il me semble que je vous connais depuis toujours. Rien, en vous, ne m'est étranger, ni votre visage, ni votre voix.

— Merci, Jean, tu es généreux. Je sens vivement que tu es mon enfant. Tout à l'heure, dans le hall, j'ai dû me dominer pour ne pas te prendre dans mes bras. Et c'est précisément dans les moments où tu t'es montré le plus implacable que j'ai perçu le plus fortement le lien du sang qui nous unit.

Georges Monaw conta alors à son fils les circonstances qui lui avaient apporté la révélation : les récits de Mr. Warren et de sa fille, la ressemblance qu'ils avaient soulignée tous les deux, enfin la découverte accidentelle des lettres de Marie.

— Par ma faute, tu as connu la gêne, les privations. Maintenant tu es riche. Je t'emmène en Amérique et nous ne nous quitterons plus.

Jean secoua la tête.

— Non, mon père, il faut d'abord que je termine mes études à Paris. Je ne veux pas m'arrêter à mi-chemin de mon but. La seule richesse ne saurait donner de sens à mon existence. Depuis mon enfance, je rêve de découvertes chimiques. Maintenant, mon travail est en bonne voie. Je suis décidé à le continuer.

Georges Monaw poussa un soupir, mais ses yeux brillèrent d'orgueil.

— Tu as raison, mon fils. Je suis un vieil égoïste qui ne pense qu'à son bonheur. Il ne faut pas m'écouter. Tu continueras où tu voudras tes études et tes travaux.

Georges Monaw parla alors de ses propres inventions, de ses entreprises et de ses projets d'avenir. Jean était tenté de mettre à son tour son père au courant de ses expériences ; mais il préféra se taire. Un jour peut-être pourrait-il lui faire la surprise d'une découverte importante.

— Ainsi, nous sommes d'accord, dit le père. Tu fais tes études en France, mais tu passes tes vacances aux Etats-Unis. Le reste de l'année, je t'attendrai impatiemment, ainsi que Mildred Warren, à qui la nouvelle de ta prochaine arrivée fera sûrement grand plaisir.

Jean se troubla et rougit comme un collégien. Il se souvint de la lettre de Mildred et comprit pourquoi la jeune fille avait insisté pour qu'il accueillît bien le visiteur qu'elle annonçait. En même temps, Jean se rendit compte que la muraille infranchissable qui se dressait entre le pauvre passeur et la fille du millionnaire venait de s'écrouler. Le fait d'être le fils et l'héritier de Georges Monaw lui donnait le droit de penser à Mildred autrement qu'à une fée lointaine et inaccessible.

— Croyez-vous vraiment, mon père, que Mildred Warren s'intéresse un peu à moi ?

Le trouble de son fils n'avait pas échappé à Mr. Monaw. Et il comprit que le sentiment de Mildred était payé de retour.

— Non seulement je le crois, mais je sais d'une façon absolument certaine que la fille de mon ami Warren sera heureuse de te revoir. Cette petite n'est pas près d'oublier le jeune homme qui lui a sauvé la vie et ce n'est pas seulement avec reconnaissance qu'elle pense à lui.

— Moi non plus, je ne l'oublie pas, avoua Jean. Mildred Warren est la jeune fille la plus digne d'être aimée parmi toutes celles que j'ai rencontrées.

— Et tu en as sûrement rencontré beaucoup, à Paris ? demanda Mr. Monaw en souriant.

— A vrai dire, non, admit Jean. Par contre, j'ai un grand ami, Gilbert Dornoy. Il m'a introduit dans la maison de sa tante, Mme Alice Ponsard, une femme pleine d'esprit et de cœur.

Il dit à son père tout ce qu'il devait à la tante de son ami, les dimanches passés dans des musées ou en promenades, les invitations au théâtre et aux concerts, les soirées littéraires pendant lesquelles elle les guidait, Gilbert et lui, tous deux novices dans la vie mondaine.

— Sans elle, je serais sans doute encore un provincial maladroit et quelque peu sauvage, ne sachant ni nouer convenablement sa cravate, ni manier les formules de politesse, ni parler devant un auditoire. Grâce à Mme Ponsard, je pourrai probablement un jour, moi ex-passeur, prétendre au titre d'homme du monde. Mais ce n'est pas tout. Mme Ponsard m'a enrichi intellectuellement, en développant en moi le goût de l'art et de la littérature. Elle m'a ouvert les yeux sur tant de belles œuvres. Je serais heureux, mon père, si je pouvais vous présenter à elle et à Gilbert.

— Je compte bien ne pas repartir avant de les avoir remerciés de tout ce qu'ils ont fait pour toi. Puis-je te demander de les inviter en mon nom à dîner, un soir prochain ? Mais, au fait, tu n'as sûrement pas dîné encore ? Il est temps d'y penser.

Ils sortirent en causant comme deux amis et ne se séparèrent que tard dans la soirée.

***

Deux jours plus tard, Alice Ponsard et Gilbert Dornoy étaient les invités de Mr. Monaw dans un élégant restaurant du quartier de l'Opéra. Jean leur avait déjà fait part de la grande nouvelle.

— Je continue à vivre dans un conte de fées, avait-il ajouté. Je crois encore rêver...

Et pendant qu'il savourait des mets exquis, aux côtés de son père et en face d'Alice et de Gilbert, dans cette salle, où tout était empreint d'un luxe discret, il parvenait difficilement à croire à la réalité des événements. Il y avait quelques mois à peine, pauvre gardien de bac, il était seul avec son désir insensé de s'imposer un jour dans le monde scientifique. Et voilà que maintenant, il avait retrouvé un père affectueux ; entouré d'amis dévoués, héritier éventuel d'une fortune considérable, il devenait libre de consacrer à ses chères études tout son temps et toute son énergie, enfin, il était riche d'un espoir infiniment doux : celui de gagner le cœur de la compagne rêvée.

— Vous ne nous enlevez pas Jean tout de suite ? s'enquit Alice.

— Non, madame, Jean tient essentiellement à terminer ses études à Paris. Mais je compte bien sur lui pour les mois de vacances. Et si ce voyage vous tentait, monsieur Dornoy, je serais heureux de vous accueillir dans ma maison.

— Mon père m'a justement conseillé de visiter les Etats-Unis, dit Gilbert en souriant.

— Voilà qui tombe bien. A deux, vous tirerez sûrement plus de plaisir de la traversée et, grâce à vous, Jean n'aura pas, là-bas, pour principal compagnon, un homme vieux, très occupé et pas toujours très drôle.

— Oh, père ! fit Jean avec reproche.

— M. Monier sait subir stoïquement la société des personnes âgées et d'autant plus ennuyeuses qu'elles se piquent d'être des intellectuelles, dit Alice.

L'allusion était transparente, et Jean et Gilbert protestèrent vigoureusement contre ce portrait qu'Alice faisait d'elle-même. Georges Monaw exprima à Alice Ponsard en termes chaleureux sa reconnaissance de tout ce qu'elle avait fait pour Jean. On parla ensuite de voyages et Gilbert fit part à Mr. Monaw de son projet de visiter les principales villes d'Italie.

— Il était question de faire de votre fils un « envoyé spécial » à cette occasion, dit Alice.

— Non, non ! fit Mr. Monaw avec fermeté. Je suis un grand ennemi du surmenage. Les vacances sont faites pour le repos. Et si M. Dornoy n'y voit pas d'inconvénient, Jean l'accompagnera en Italie.

— Et vous, père ? s'écria Jean. Gilbert part dans deux jours et nous n'aurions guère le temps de nous mieux connaître.

— Si j'étais sûr de ne pas gâcher votre plaisir, je me proposerais comme troisième compagnon.

Jean et Gilbert accueillirent l'idée avec enthousiasme. Le dîner se poursuivit au milieu d'une conversation animée, et les quelques intimes new-yorkais du riche industriel auraient été bien étonnés s'ils avaient pu entendre le millionnaire-ermite, dont l'humour taciturne et l'air morose étaient légendaires, rire et plaisanter de bon cœur avec ses trois convives, et voir son visage antérieurement marqué par la douleur s'éclairer maintenant d'une expression d'allégresse et de joie de vivre.

Et le conte de fée continua à dérouler ses merveilles autour de Jean. Le voyage, avec son père et son ami, fut enchanteur. Ils visitèrent successivement Venise, Naples, Rome et Florence. « Pour rattraper toutes ces années de gêne et de médiocrité, lui disait Georges Monaw, il faut mettre maintenant les bouchées doubles. »

Il prévenait le moindre désir de son fils, il l'obligeait à accepter une somme considérable comme argent de poche. Habitué à l'économie, ayant des goûts simples, Jean ne sut d'abord que faire de cette fortune qui s'abattait soudain sur lui.

— Lorsque tu débarqueras à New York, lui dit son père, il faut que ton apprentissage d'homme du monde soit terminé. Je compte beaucoup sur vous, monsieur Dornoy.

Et Jean découvrit peu à peu qu'on pouvait vivre

sans compter ses dépenses, sans se priver, sans se conformer à un budget strictement établi.

Trois semaines plus tard, Jean accompagnait son père au train qui devait le conduire au Havre. Lorsque que vint le moment des adieux, Georges Monaw se pencha sur son fils et demanda :

— Dis-moi franchement, Jean ; es-tu sûr de m'avoir accordé ton entier pardon ? Peut-être une fois loin l'un de l'autre, ta rancune s'éveillera-t-elle ?

Jean serra la main de son père avec la plus vive effusion.

— Je suis sûr, mon père, de ne plus éprouver pour vous qu'une affection filiale, profonde et sincère.

— Si tu savais, mon garçon, tout ce que je te dois ! Je suis redevenu un homme, moi qui n'étais plus qu'une misérable épave brisée par le remords et la douleur.

Une dernière poignée de main, une dernière étreinte virile et Georges Monaw retourna à son ancienne existence dont l'apparition de Jean venait de combler le vide tragique.

CHAPITRE X

Après trois nouveaux mois d'un travail enthousiaste et assidu, Jean et Gilbert prirent congé d'Alice pour se rendre à leur tour au Havre. Le paquebot luxueux sur lequel ils s'embarquèrent offrait aux passagers les distractions les plus variées. Des installations magnifiques permirent aux deux amis de s'adonner à des sports divers, gymnastique, tennis, ping-pong. En quelques jours, ils retrouvèrent ce teint bronzé qui les avait rapprochés, quelques mois auparavant.

A New York, Georges Monaw les attendait au débarcadère. Il prit tendrement son fils dans ses bras et accueillit amicalement son compagnon. Une puissante conduite intérieure les transporta tous les trois à l'hôtel particulier de Monaw.

Devant le bâtiment somptueux, Jean prit pour la première fois pleinement conscience de la révolution qui s'était accomplie dans son existence. Il eut un moment de doute.

— Père, j'ai l'impression que ma place n'est pas ici...

— Quelle folie ! répondit Mr. Monaw. Ne te laisse donc pas intimider par cette apparence de luxe !

Cette maison était vide sans toi. Tu en seras l'âme, comme tu seras un jour l'âme de mon entreprise. Tu es exactement l'homme qu'il faut pour me succéder.

Il tint à conduire lui-même son fils et son invité dans les appartements qui leur étaient destinés. Cette fois non seulement Jean, mais aussi Gilbert manifesta une vive admiration. Evidemment, le décorateur dont cet intérieur était l'œuvre, avait des goûts plus raffinés que les commandants des deux voiliers chargés de choisir et d'acheter de quoi meubler et embellir leur home !

— Et maintenant, je vous laisse, dit le maître de maison. Nous déjeunons dans une heure. Vous avez le temps de prendre un bain et de vous installer. Ce sera d'ailleurs un repas en famille et sans cérémonie. Ce soir, par contre, nous aurons du monde.

Et devant l'air inquiet de Jean, il ajouta :

— Oh, rassure-toi, je n'attends que mon ami Warren et sa fille. Mildred brûle d'impatience de te souhaiter la bienvenue dans sa patrie.

Jean devint cramoisi. Il détourna la tête afin de dissimuler son trouble.

Au sortir de table, Georges Monaw fit visiter aux deux amis ses usines, ses laboratoires et ses bureaux, qui s'étendaient sur une vaste superficie en dehors de la ville. Jean se sentit écrasé par la puissance et la richesse de cette entreprise dont il serait un jour le maître. Et il fut saisi d'admiration devant la calme assurance de son père qui, d'un mot, d'un geste, d'un ordre, réglait la vie intense et complexe de cette cité industrielle.

Quant à Gilbert, cette atmosphère d'activité fiévreuse et féconde le conquit d'emblée. Débordant d'admiration, il donna libre cours à son enthousiasme.

— Vois-tu, Jean, c'est ainsi que j'ai toujours imaginé le cadre où j'aimerais à travailler. Je crois que j'ai suffisamment goûté la vie bucolique, quiète, lente et paisible, mais un peu amollissante, à mon gré, de l'Ile Enchantée. Elle risquait de paralyser l'énergie qui bouillonne en moi. C'est le rythme de ce pays qu'il me faut. Paris m'a séduit, mais si je pouvais choisir, c'est ici, je crois, que je voudrais vivre aussi longtemps que je me sentirais plein de forces. J'ai toujours préféré le galop au trot. Ce que je veux, c'est travailler comme un forcené toute la journée, et, le soir, retrouver un foyer où tout ne soit :

... qu'ordre et beauté,
Luxe, calme et volupté.

comme dit Baudelaire, le poète préféré de tante Alice.

Georges Monaw vint rejoindre les deux amis.

— Eh bien, mes garçons, je suis curieux de connaître vos impressions.

— Je viens justement de confier à Jean que tout ici correspond à mes plus beaux rêves. Ce pays me plaît infiniment.

— Je suis heureux de vous l'entendre dire. Ainsi, peut-être mon fils pourra-t-il garder auprès de lui son grand ami lorsqu'il viendra enfin prendre sa place ici.

— C'est très possible, dit Gilbert avec ardeur. New York pourrait fort bien devenir mon « Ile Enchantée ».

— Il faut que vous le connaissiez de plus près. Ma maison, bien entendu, vous reste ouverte si vous

vous décidez à accompagner Jean aux vacances prochaines.

— Merci de tout cœur, monsieur. Il est possible que je profite de votre invitation. Je consulterai mon père à ce sujet.

— Et toi, mon garçon, tu ne me dis pas ce que tu penses de ton futur domaine ?

— Oh, père, c'est admirable ! Je serai heureux de pouvoir y travailler !

Georges Monaw enveloppa son fils d'un regard plein de tendresse et de fierté. Tout son être puisait en lui un véritable réconfort.

Cependant, Georges Monaw restait hanté par le souvenir lancinant de sa seconde femme et de sa fille. Le fait qu'il évitait d'en parler à Jean n'allégeait pas son deuil, car la blessure de son cœur avait beau être cicatrisée, elle était de celles qui restent douloureuses durant toute la vie.

***

De retour à la maison, Jean et Gilbert, imitant l'exemple du maître de céans, se mirent en habit. Cette tenue accusait leur belle stature, et la blancheur immaculée de leur chemise faisait mieux ressortir le hâle de leur teint.

Lorsque Mr. Warren et Mildred firent leur apparition, la jeune fille s'immobilisa, les yeux tout ronds d'étonnement.

— Est-ce bien vous, monsieur Monier ? dit-elle. Quelle métamorphose ! Je ne puis en croire mes yeux. Où sont vos cheveux en bataille ? Où est votre pantalon bleu et votre chemise ouverte ?

— Et où est votre manteau ruisselant d'eau ?

répliqua Jean en cachant son émotion violente sous un air plein de désinvolture.

Mildred était en effet ravissante dans sa longue robe de velours bleu ciel, à faire pâlir la radieuse image que Jean avait gardée d'elle.

— Je suis infiniment heureux de vous revoir, ajouta-t-il plus bas, après avoir serré la main de Mr. Warren. Permettez-moi de vous présentez mon ami Gilbert Dornoy.

— Charmée de faire votre connaissance, monsieur Dornoy. A dire vrai, d'ailleurs, je vous connais depuis longtemps, par les lettres de M. Monier et par les récits de Mr. Monaw.

— Ne croyez pas que vous me soyez tout à fait inconnue, fit Gilbert avec un sourire. Quelqu'un s'est chargé de me faire de vous un portrait qui pour être fidèle n'atteint pas cependant la perfection du modèle.

Mr. Monaw intervint.

— Je pense que nous pourrions épargner à miss Warren l'effort que lui impose une conversation en français. Mon fils et son ami parlent, en effet, couramment l'anglais.

— Mais non ! protesta Mildred. Laissez-moi donc le plaisir de parler français. J'en ai si rarement l'occasion ! Et puis j'ai bien peur que M. Dornoy ne soit pas capapble de tourner un compliment en anglais avec autant d'art qu'en français, ajouta-t-elle avec un sourire malicieux.

— Je souscris à la proposition de Mildred, ajouta Mr. Warren. Avec cette réserve cependant qu'elle acceptera de prendre sur elle les fautes de grammaire que je pourrais commettre.

Tout le monde rit, et on fut d'accord pour donner

d'avance à Mr. Warren l'absolution de ses péchés éventuels contre la pureté de la langue française.

Mr. Warren posa alors la main sur l'épaule de Jean :

— Eh bien, dit-il, les circonstances viennent de me ravir la possibilité d'acquitter ma dette de reconnaissance. Or, je ne voudrais pas compter en vous un créancier, et...

Gilbert n'hésita pas à lui couper la parole.

— Si je puis prendre la liberté de vous donner un conseil, monsieur, ne parlez pas de reconnaissance à Jean. Ne voyez-vous pas les éclairs que lancent ses yeux pleins de courroux ? Nous risquons de tomber tous foudroyés...

— En compagnie de M. Monier, je braverais n'importe quel danger, dit Mildred en riant. Il m'a prouvé, en me tirant de l'eau...

— Voyons, dit Jean, suppliant. Vous n'allez pas recommencer.

— Eh bien, puisque tel est votre désir, je n'en parlerai plus, mais je n'en penserai pas moins.

Le regard qui accompagna ces paroles était si significatif et le trouble de Jean et de Mildred si évident que cette petite scène ne fit que confirmer l'espoir des deux pères.

— Je comprends fort bien ma fille, dit Mr. Warren en prenant son ami à part. Ton fils est un garçon magnifique. Quelle fière allure ! Et quelle distinction ! Quand je l'ai vu, sur le bac, dans sa modeste tenue de passeur, je ne me rendais pas compte que j'avais devant moi un homme du monde accompli. Je me suis toujours flatté d'être un « sourcier » pour la recherche d'hommes de valeur, mais pour une fois ma fille m'a surpassé, car c'est elle qui l'a découvert.

— J'ignore si Mildred a des talents de sourcier, dit Mr. Monaw, en répondant du tac au tac. Mais en tout cas, il y a en elle de quoi faire perdre la tête au garçon le plus réservé.

Ils rejoignirent le groupe des jeunes qui bavardaient joyeusement. Assis en face de Mildred rayonnante de gaieté, Gilbert se sentit soudain submergé par une vague de nostalgie si violente qu'il dut fermer les yeux pour évoquer l'image de Marylou, ses yeux de nacre, ses boucles aux reflets d'acajou, tout son visage d'enfant pure et passionnée.

Pendant le repas, Jean, qui était placé près de Mildred, compara en souriant cette table somptueusement ornée à la table de sa cabane de passeur où, dix mois plus tôt, il avait servi le thé à la jeune fille.

— Et je vous ai forcé à avaler un verre de rhum assez grand pour enivrer un grenadier, ajouta-t-il.

— Heureusement ! Cela m'a tout de suite réchauffée. Je me rappelle aussi la saveur de votre thé et de vos tartines. Tout était excellent. Mais dites-moi franchement, vous avez dû rire sous cape en me voyant accoutrée de cette robe trop large et démodée.

— Oh non ! dit Jean d'un air grave. Je vous ai trouvée touchante. Et j'ai conservé pieusement cette robe comme un souvenir de ma mère..., et de vous.

Mildred se troubla mais ne perdit pas contenance.

— Ainsi vous avez pensé parfois à moi ?

— Je n'ai cessé de penser à vous, avoua Jean simplement. Mais je n'espérais pas vous revoir si tôt.

— Moi non plus... Comme c'est heureux que tout cela soit arrivé. D'abord, vous avez trouvé votre père, et vous n'être plus ni seul ni pauvre.

— Attachez-vous une importance capitale à ce dernier détail ?

— Non, pas en ce qui me concerne. Quand bien même vous ne seriez qu'un pauvre étudiant, je serais heureuse de vous revoir...

— Vous êtes très généreuse, miss Warren.

— Est-ce un signe de générosité que d'accepter ce qui vous est une source de joie ?

Jean sentit son cœur battre à coups redoublés. Son bonheur était tel qu'il dut cesser un instant de poursuivre cette conversation pour pouvoir garder son calme.

Les autres convives, par discrétion, ne s'occupaient pas d'eux. On pria Gilbert de parler de l'Ile Enchantée, ce qu'il fit très volontiers. N'était-ce pas comme une façon de se rapprocher des êtres qui lui étaient chers ? L'image de Marylou était devant lui, si vivante qu'il lui suffirait, semblait-il, de tendre les bras pour la saisir.

Entre Jean et Mildred, la conversation ne tarda pas à reprendre.

— Combien de temps comptez-vous rester à New York ? demanda-t-elle.

— Jusqu'à fin septembre.

— J'espère vous revoir souvent d'ici là.

— Je le désire vivement.

— Nous pourrions faire de magnifiques promenades en mer. J'ai un amour de petit yacht. Et si vous aimez le tennis, je vous ferai visiter notre court. Avec M. Dornoy et une amie qui vient souvent me voir, nous ferons des parties. Notre maison n'est pas très éloignée d'ici, c'est à dix minutes en voiture.

— Nous irons vous voir très volontiers... si toutefois monsieur votre père n'y voit pas d'inconvénients.

Mildred rit gaiement et se tournant vers Mr. Warren :

— Papa ! M. Monier n'ose pas venir à la maison sans une invitation officielle.

Mr. Warren prit un air étonné.

— Entre amis on se passe fort bien de toute étiquette. Ma maison est toujours ouverte pour vous.

Après le repas, la conversation prit un caractère général, sans rien perdre de son entrain. Lorsque Mildred et son père se retirèrent, il était entendu que Jean et Gilbert iraient le lendemain chercher la jeune fille pour faire ensemble une promenade en mer.

Le soleil ne refusa pas son concours à ce projet. Il brilla dès le matin de son plus bel éclat et le yacht emporta le trio joyeux sur une mer lisse comme un miroir.

Gilbert, tout heureux de pouvoir se livrer de nouveau au maniement de la voile, son sport favori, se chargea du pilotage. Jean et Mildred purent ainsi s'occuper uniquement l'un de l'autre. Cette première partie de yachting les enchanta à tel point que tous trois se promirent de la faire suivre de beaucoup d'autres.

La vie mondaine était moins animée que pendant la saison d'hiver. Cependant, Mr. Monaw tint à donner une soirée pour présenter son fils à ses nombreuses relations. Georges Monaw avait annoncé qu'il rompait avec la tradition de la fête annuelle en février. Il satisferait désormais à ses obligations pendant la durée du séjour de son fils à New York. Tout le monde trouva cette décision fort naturelle.

Le fils du richissime industriel, qui par surcroît était un garçon fort séduisant, éveilla bien vite l'intérêt des familles où il y avait une fille à marier. Mais devant la politesse réservée de Jean, les candidates à ce bon parti durent vite déchanter. On comprit que le fils du millionnaire-ermite, dont l'apparition avait suscité une sensation bien compréhensive, n'était plus libre.

Sur l'insistance d'Alice, Gilbert et Jean avaient consenti, à Paris, à prendre quelques leçons de danse.

— Cela ne me servira pas à grand-chose dans mon laboratoire, avait d'abord objecté Jean.

— Dans le laboratoire sûrement pas, avait répondu Mme Ponsard. Mais il faut espérer que votre vie ne se passera pas tout entière entre les alambics, les cornues et les éprouvettes. Vous me remercierez d'y avoir pensé le jour où vous danserez avec la jeune fille de votre choix. Vous feriez une belle figure si vous vous montriez incapapble de faire valser votre fiancée.

Et les deux amis s'étaient soumis, comme ils se résignaient à toutes les décisions de celle qui les guidait.

Maintenant, ils s'en félicitaient. Lorsque Jean dansa pour la première fois avec Mildred, une émotion si violente s'empara de lui qu'il dut faire un grand effort pour n'en rien laisser paraître.

Parmi les surprises que le destin lui avait réservées, celle-ci n'était-elle pas la plus merveilleuse ? Il serrait contre son cœur la fée de ses rêves, respirait son parfum délicieux, ce parfum dont il avait si souvent cherché la trace sur la robe de sa pauvre mère ! Il se sentit transporté de gratitude envers le ciel qui permettait de tels miracles.

— Comment vous sentez-vous dans le rôle de

Mr. Monaw junior ? demanda tout à coup Mildred. Je pense que vous devez être heureux d'avoir un père, une fortune... *et cætera.*

— Oui, je suis heureux, surtout à cause du « *et cætera* ».

— Que voulez-vous dire ?

— Je veux dire que je suis heureux d'avoir pu vous retrouver, Mildred, et de pouvoir danser avec vous.

Ils tournoyèrent quelques minutes en silence.

— J'ai eu tort de vous parler ainsi, miss Warren. Vous voilà fâchée maintenant.

— Fâchée, moi ?

— Oui. Je n'ai pas pensé à tout ce qui continuait à nous séparer, malgré tout.

Mildred pâlit.

— Eh bien, oui, je suis fâchée, très fâchée même de vous entendre dire des choses pareilles... Qu'est-ce qui nous sépare donc, d'après vous ?

— Tout... notre condition sociale... notre éducation. Il n'y a pas un an, j'étais un passeur de bac, alors que vous...

— Allons, taisez-vous, je vous en prie. C'est moi qui vais vous dire ce que nous sommes, l'un et l'autre. Vous êtes un homme qui a lutté courageusement contre un sort injuste, un homme résolu à conquérir dans le monde la place qu'il mérite. Moi, je ne suis qu'une petite fille gâtée et capricieuse, un être oisif et inutile, bon tout au plus à égayer les rares loisirs de son père. Voilà ce qui nous sépare. Vous m'êtes infiniment supérieur et je pourrais craindre de vous inspirer du dédain. Vous serez un jour célèbre, et moi je resterai toujours une petite femme de rien du tout.

N'eût été leur entourage, Jean n'aurait peut-être

pas résisté à la tentation de serrer Mildred plus fortement dans ses bras et de la couvrir de baisers. Mais il se domina, et il dit d'une voix vibrante d'émotion :

— Vous êtes trop bonne pour moi, Mildred. Vous me permettez de vous appeler par votre prénom, n'est-ce pas ? Je ne suis nullement supérieur à vous, tout au plus sommes-nous égaux, malgré mon passé. Et je ne veux pas surtout que vous parliez de vous comme d'une « petite femme de rien du tout ».

— Cela vous fâche ?

— Oui, beaucoup.

— C'est pourtant la stricte vérité, protesta Mildred en riant. Regardez donc un peu. Je vous arrive à peine à l'épaule. Vous n'allez pas nier que vous êtes un grand garçon, alors que je ne suis qu'une petite femme.

Ils rirent tous les deux. L'orchestre s'arrêta de jouer pour attaquer aussitôt un tango. Un danseur vint s'incliner devant Mildred, elle le suivit, laissant Jean furieux de jalousie.

Cependant, le fils du maître de la maison se devait de s'occuper des jeunes filles moins demandées par les autres danseurs. C'est ce qu'il fit avec bonne grâce mais sans grand empressement.

Lorsqu'il put à nouveau inviter Mildred, elle lui dit d'un petit air espiègle :

— Je n'ai pas de chance, décidément. Je meurs d'envie de danser avec un monsieur ici présent et il ne m'invite jamais.

— Vraiment ? fit Jean en pâlissant.

— Mais oui. Je voudrais danser avec votre père. Savez-vous qu'il me plaît beaucoup ? C'est un homme extraordinaire !

Jean sourit.

— Oui, moi aussi, j'ai beaucoup d'admiration pour lui, et je l'aime chaque jour davantage.

Mildred décida de rapporter fidèlement ces paroles à l'intéressé, sachant que rien ne pourrait lui faire plus grand plaisir.

— Cela lui causera de la peine de vous laisser retourner à vos vilaines études.

— Vilaines, mes études ? Mais non, Mildred. Elles sont au contraires belles et passionnantes.

— Oui, je sais, dit Mildred déçue, il n'y a que votre chimie qui vous passionne.

— Non, il n'y a pas que la chimie, je vous le jure. Mais un homme ne doit pas s'accorder de répit avant d'avoir atteint son but. Or, le but que je me suis proposé est d'obtenir mon diplôme et de mener à bien mes expériences.

Malgré le chagrin qu'elle éprouvait à la pensée d'une nouvelle séparation, la jeune fille le regarda avec admiration.

— Et quand vous aurez obtenu votre diplôme ?

— Alors, je ne repartirai plus. Je travaillerai ici, avec mon père. Et... j'espère que vous ne m'aurez pas oublié.

— Moi, je ne vous oublierai jamais. Mais vous ?...

Jean plongea son regard dans celui de la jeune fille.

— Jamais je ne vous oublierai, Mildred, dit-il d'une voix étouffée, je vous le jure.

Un instant ils se regardèrent avec une profonde tendresse et leurs cœurs ardents battirent à l'unisson.

Comme ils terminaient la danse en silence et comme l'orchestre attaquait les premiers accords de la suivante, Gilbert surgit devant eux.

— Voudriez-vous m'accorder cette danse, miss Warren ? demanda-t-il.

— Avec plaisir... si toutefois vous êtes aussi bon danseur que votre ami.

Gilbert se mit à rire.

— A vrai dire, nous ne sommes que des débutants, l'un et l'autre. Quand je vois avec quelle aisance les autres exécutent les figures les plus compliquées, je me rends compte qu'il nous reste beaucoup à apprendre.

Néanmoins, Gilbert fit danser Mildred avec adresse et fermeté, sinon avec autant de science que les autres invités.

A peine Gilbert lui avait-il rendu sa liberté que Mildred se hâta vers Georges Monaw.

— J'ai quelque chose à vous dire, Mr. Monaw, dit-elle d'un ton confidentiel.

Il se pencha sur elle en souriant.

— Je suis tout oreilles.

— Votre fils m'a parlé de vous tout à l'heure. Il vous admire et vous aime chaque jour davantage. Ce sont ses propres paroles.

Une expression de bonheur indicible illumina le visage de Georges Monaw.

— Merci, Mildred. Vous ne soupçonnez pas quelle joie vous m'avez procurée.

— Si, je le sais. C'est vous plutôt qui ne soupçonnez pas quelle joie je vous dois.

Il la regarda avec étonnement.

— Bien sûr, dit-elle. N'est-ce pas vous qui m'avez ramené Jean ?

— Ah ? Et cela vous est donc si agréable ?

— Bien sûr. Vous oubliez qu'il m'a sauvé la vie.

— Evidemment, comment n'aimerait-on pas un petit peu l'homme qui vous a sauvé la vie ?

La jeune fille devint pourpre.

— Je parle sérieusement, Mr. Monaw. Nous sommes de grands amis, Jean et moi.

Et elle s'enfuit, redoutant quelque nouvelle malice de la part de son interlocuteur.

***

Les jours les plus beaux s'écoulent le plus vite et, un matin, Jean et Gilbert s'aperçurent avec stupeur qu'il ne leur restait plus que trois jours à passer à New York.

D'un commun accord, ils déclinèrent désormais toutes les invitations pour terminer les vacances en compagnie du père de Jean, de Mr. Warren et de Mildred ; et ce furent peut-être les journées les plus belles.

Le dernier soir, après le repas pris en commun avec Mr. et Miss Warren, suivi d'une soirée intime passée en causerie, Gilbert monta dans sa chambre, laissant le père et le fils seuls. Georges Monaw pria alors Jean de le suivre dans la bibliothèque.

— Tu m'accorderas bien quelques instants ? dit-il. Tu pars demain et nous ne nous reverrons pas avant de longs mois.

Sur un guéridon, une petite lampe diffusait une faible clarté. Dehors, la mer bruissait doucement. Le père et le fils s'assirent l'un en face de l'autre et ils causèrent longuement.

— Père, dit Jean, je voudrais t'entretenir d'une question très importante pour moi. En venant ici, j'étais sûr d'aimer Mildred Warren, mais j'ignorais si, de son côté, elle éprouvait pour moi autre chose que de la reconnaissance. Je crois savoir maintenant que je ne lui suis pas indifférent. Il me semble du moins que je peux espérer gagner un jour son cœur.

— Dans ce cas, j'en sais plus long que toi, dit le père. Mildred t'aime. Cela crève les yeux.

— Peut-être, admit Jean. Mais son père voudra-t-il consentir à notre union ? Il m'a vu simple passeur de bac. Je ne suis qu'un parvenu, et ma situation actuelle ne rachète peut-être pas à ses yeux mon passé.

Une fois de plus, Georges Monaw connut la torture du remords. Mais par bonheur, les craintes de son fils étaient vaines.

— Rassure-toi, mon garçon, Mr. Warren t'estime et tu lui es très sympathique. Il t'accordera avec joie la main de sa fille.

Involontairement, Jean lui avait rappelé sa grande faute. Il éprouva le besoin de se disculper à nouveau aux yeux de son fils. D'homme à homme, il lui parla de son premier mariage, contracté trop à la légère, de ce mariage où il avait tout reçu et rien donné.

— Tu aimes, Jean, donc tu peux me comprendre. J'ai connu l'amour, moi aussi, mais bien plus tard.

Il prit dans un tiroir une caissette et l'ouvrit. Elle contenait plusieurs souvenirs assemblés autour de deux photographies. L'une d'elles représentait une jeune femme d'une grande beauté, l'autre une toute petite fille.

— Avant d'avoir connu Louise, je ne soupçonnais pas la puissance de ce sentiment qui pousse deux êtres l'un vers l'autre. Louise m'a révélé le vrai bonheur, et sa disparition m'a fait connaître la vraie douleur. Elle était bonne autant que belle. Je lui ai parlé de ma première femme, de ta mère, et elle devina la souffrance de l'autre, car elle m'aimait.

— Quelle enfant adorable, dit Jean en contemplant le portrait de la petite fille. Et comme elle ressemble à sa mère !

— Oui, elles avaient les mêmes traits, la même couleur de cheveux. La petite promettait de devenir aussi belle que sa mère.

Sa voix se brisa, étranglée par les larmes.

— Elle aurait quatorze ans bientôt...

Il cacha son visage, incapable de se contenir.

— Je croyais pouvoir déjà en parler..., murmura-t-il, mais je me suis trompé... Excuse-moi, Jean. Et laisse-moi seul maintenant...

Emu jusqu'au fond de lui-même, Jean quitta la pièce.

Le lendemain, devant l'embarcadère, il prenait congé de son père, de Mr. Warren et de Mildred.

— A bientôt, Mildred, dit-il en serrant dans la sienne la petite main délicate.

— A bientôt, répondit la jeune fille d'une voix un peu tremblante.

Et elle ajouta, plus bas :

— Ce sera tout de même si long...

Jean ne put maîtriser le sentiment qui l'oppressait. Il se pencha sur la jeune fille.

— M'attendrez-vous, Mildred ? demanda-t-il.

— Oui, Jean, je vous attendrai, je le jure, répondit-elle solennellement.

Les yeux de Jean étincelaient. Il pressa ses lèvres sur la petite main à qui il ne pouvait se décider à rendre la liberté.

A son tour, Gilbert prit congé de Mildred et d'un

compliment spirituel amena un sourire sur le visage éploré de la jeune fille.

Et les deux amis quittèrent le sol où ils venaient de passer des semaines inoubliables.

Alors commença une nouvelle année de labeur, où seule Alice Ponsard savait glisser régulièrement quelque détente, grâce à ses invitations et à ses sorties en voiture.

A Noël, Gilbert reçut une longue lettre de son père où celui-ci approuvait vivement son projet de s'établir en Amérique. Gilbert ne le lui avait annoncé qu'avec de grands ménagements, croyant aller à l'encontre du désir de ses parents, mais Pierre Dornoy fit preuve, une fois de plus, d'une large compréhension.

> « Si tu nous trouves une maison tranquille et confortable au bord de la mer — nous tenons tous les deux à la mer, ta mère et moi — nous irons te rejoindre, écrivait-il. Mais nous aurons encore le temps d'en parler, puisque tu viendras d'abord passer quelques mois avec nous. J'aurai notamment besoin de toi pour achever de vider la faille dans la colline où fourmillent toujours de nouveaux corindons. On dirait que ces pierres font des petits, ou plutôt des grands, car celles que l'on extrait actuellement sont de plus en plus grosses. Je n'y parviendrai sûrement pas sans ton aide. »

Il apprenait aussi à Gilbert que la santé de M. Morel laissait à désirer.

> « La nouvelle de notre prochain départ lui a porté un grand coup. Il a toujours désiré finir

ses jours dans l'île. Il vieillit à vue d'œil, ne travaille plus guère et passe la majeure partie de son temps sur une chaise longue, sous la véranda. »

Quelques mois plus tard, Gilbert reçut la nouvelle de la mort de M. Morel.

« Son désir a été exaucé, écrivait Pierre Dornoy. Il n'a pas été obligé de quitter l'île et il repose maintenant sous les palmiers, non loin de la mère de Marylou. »

La perte de son vieux maître attrista profondément Gilbert. C'était à lui qu'il devait d'avoir pu aborder de plain-pied ses études à Paris. Les liens qui l'unissaient à lui étaient plus intimes que ceux qui existent généralement entre un élève et son maître.

Gilbert continua à échanger de nombreuses lettres avec ses parents et Marylou, et il attendait avec une impatience croissante la fin de ses études pour pouvoir les rejoindre.

***

Pendant les deux années qui suivirent, Gilbert fit plusieurs voyages, et à deux reprises, accompagna Jean aux Etats-Unis. Son appartement l'attendait toujours dans la maison hospitalière de Mr. Monaw, et, chaque fois, la vie trépidante du Nouveau Continent, et son dynamisme inépuisable le remplissaient d'une admiration émerveillée.

Pendant la dernière année de ses études, les

recherches patientes de Jean furent enfin couronnées de succès. Et le jeune homme imaginait avec joie l'étonnement de son père lorsqu'il lui apporterait en cadeau le fruit de son travail.

Vint enfin le jour où, munis de leurs diplômes, les deux amis furent prêts à rejoindre les êtres chers dont ils étaient restés si longtemps séparés.

Alice Ponsard prit un air mélancolique, ce qui ne lui arrivait pas souvent.

— La perspective de votre départ définitif me donne des idées noires, avoua-t-elle. J'ai bien peur de m'ennuyer toute seule sans vous.

— Voyons, tante Alice, je reviendrai bientôt avec mes parents et Marylou. Nous resterons quelques mois en France avant de gagner l'Amérique.

— Oui, cela me fera du bien d'avoir quelqu'un à « civiliser ». J'offre d'ores et déjà mes services pour ta sœur.

— Son éducation vous donnera sûrement moins de mal que la nôtre, dit Gilbert. Marylou est si fine, si intelligente et si pleine de délicatesse ! Vraiment, elle n'a rien d'une sauvageonne. En deux mois, vous ferez d'elle une grande dame.

— Dommage ! dit Alice. Je rêvais d'une situation plus stable auprès de vous.

— Il faudrait pour cela nous suivre en Amérique.

— Bravo, Gilbert ! Tu as trouvé l'œuf de Colomb. Pourquoi n'irais-je pas en Amérique ? J'ai toujours désiré connaître ce pays. Evidemment, sur le chapitre de l'art, il reste bien en arrière de notre Vieux Continent, mais il offre d'autres compensations.

Comme d'habitude, on ne savait trop si Alice plaisantait ou si elle parlait sérieusement. Elle-même l'ignorait peut-être encore. Mais l'idée émise par Gilbert devait faire son chemin dans son esprit.

Cette fois, Jean s'embarqua seul sur le paquebot transatlantique. Gilbert, de son côté, entreprenait une traversée plus compliquée pour gagner la lointaine île du Pacifique.

CHAPITRE XI

Ayant débarqué dans le petit port de l'archipel Marshall où *La Mouette* devait venir le prendre, Gilbert chercha du regard le voilier qu'il était sûr de reconnaître de loin. Il le vit, en effet, parmi d'autres cargos, et il eut le doux sentiment qu'un peu de sa patrie était venu au-devant de lui.

Ce vieux marin, légèrement obèse, la casquette rejetée en arrière, les mains croisées derrière le dos, n'était-il pas le capitaine de *La Mouette* ? Il attendait sur le quai, jetant des regards autour de lui. Ayant aperçu Gilbert, il lui fit de loin un signe amical, tandis qu'un large sourire s'épanouissait sur son visage resté débonnaire, malgré les rides qu'y avaient creusées les intempéries.

Dans sa hâte de le rejoindre, Gilbert n'avait pas remarqué une jeune fille qui lui barrait le chemin et il faillit la bousculer au passage. En homme bien élevé, il s'écarta au dernier moment, murmura une excuse et son regard s'arrêta une seconde sur cette personne séduisante, au simple tailleur de toile blanche, que coiffait admirablement un chapeau de paille à vaste bord. Mais aussitôt il s'immobilisa, comme médusé.

Ces yeux aux reflets de nacre où pétillait la malice,

cette petite bouche prête à rire, ce visage à l'ovale pur et au teint de pêche qu'encadraient des boucles couleur de châtaignes mûres, ce corps flexible... était-ce possible ?

— Marylou ! s'écria-t-il d'une voix étranglée. Est-ce bien toi ?

— C'est moi, Gilbert, dit-elle, un peu hésitante. Moi non plus, je ne t'ai pas reconnu tout de suite.

Obéissant à une impulsion impérieuse, irrésistible, il saisit la jeune fille dans ses bras et l'embrassa avec toute sa tendresse inassouvie, tout son amour trop longtemps contenu. Elle frémit, s'abandonna un instant et Gilbert la tint serrée contre son cœur qui battait follement dans sa poitrine.

— Marylou !... murmura-t-il. Ma petite Marylou... ma petite sœur adorée !

Par habitude, il l'avait appelée sa sœur, mais il savait que ni ce baiser, ni cette étreinte ne lui étaient dictés par un sentiment fraternel.

— Te voilà enfin, Gilbert..., dit la jeune fille d'une voix tremblante.

Eperdue de bonheur, elle était incapable de rien ajouter à ces quelques mots. Le sentiment qui avait mûri en elle, durant ces dernières années et dont elle ne comprenait pas encore la nature, l'avait soudain submergée, baignant tout son être d'une sensation inconnue et délicieuse.

Gilbert fut le premier à se ressaisir. Il aspira profondément l'air salin, glissa son bras sous celui de Marylou et se dirigea avec elle vers le capitaine.

— Je te remercie, Marylou, d'être venue à ma rencontre, dit-il.

— Je n'ai pas pu attendre plus longtemps.

— Père et mère vont-ils bien ?

— Oui, ils t'attendent impatiemment.

Il rit de bonheur.

— Comme c'est beau, le retour. Il n'est pas trop de le payer par une séparation.

— Oh, Gilbert ! fit Marylou avec reproche. C'est terrible, la séparation... Promets-moi de ne plus jamais repartir !

— Plus jamais, dit le jeune homme. Nous ne nous quitterons plus. Mais comme tu es grande, Marylou ! Et si belle, si merveilleusement belle !

— Toi aussi, tu as changé, Gilbert. Tu es un vrai homme, maintenant.

Ils rejoignirent le capitaine qui salua cordialement le fils de son patron, et le félicita de sa belle mine. *La Mouette* était prête à lever l'ancre. Les trois passagers furent conduits à bord du voilier, qui n'attendait pour appareiller que l'arrivée des bagages de Gilbert, transportés par des hommes de l'équipage sur une autre embarcation.

Gilbert et Marylou s'assirent à l'avant du pont, sur un banc de bois auquel s'attachaient tant de souvenirs communs. Enfants, ils avaient souvent joué ici. Le jeune homme qui avait vu le trouble de sa compagne, avait décidé de se maîtriser et de ne rien laisser paraître des sentiments qui l'agitaient.

Ils bavardèrent avec une gaieté insouciante, comme autrefois, lors de leurs promenades communes et de leurs jeux interminables, tout en observant le spectacle pittoresque qui s'offrait à eux.

Une vie intense et bariolée régnait dans le petit port. Une dizaine de cargos, pour la plupart à voile, chargeaient et déchargeaient leurs marchandises, entourés d'une multitude de canots ; on aurait dit des mères poules et leurs poussins. Les indigènes s'affairaient en jetant des cris gutturaux. Quelques-uns grimpaient aux mâts, d'autres ramaient avec prestesse dans les canots qui reliaient les cargos au quai. L'équipage d'un voilier lavait le pont en l'éclaboussant d'innombrables seaux d'eau, tout en chantant à tue-tête une joyeuse chanson de marins.

— Marylou, murmura soudain Gilbert.

— Qu'y a-t-il, Gilbert ?

— Rien, simplement j'avais besoin de prononcer ton nom. Il est si beau...

Il n'y tint plus et saisissant les deux mains de la jeune fille, se mit à les couvrir de baisers passionnés.

— Oh, Gilbert ! s'écria-t-elle, effrayée.

Il se domina à nouveau, et jura de mieux se surveiller à l'avenir. Marylou était encore toute jeune et si pure ! Il valait mieux attendre qu'elle prît conscience du sentiment que son regard trahissait déjà, malgré elle.

Sur ces entrefaites, les bagages arrivèrent. Le commandant donna le signal du départ. Et *La Mouette* prit le large, poussée par une légère brise.

— Le vent nous est favorable et la mer calme, dit le capitaine. Nous aurons une belle traversée.

Gilbert acquiesça de la tête. Comment ne seraitelle pas belle, cette traversée, alors qu'il avait Marylou près de lui ? La vie était à la vérité une chose magnifique, pleine de surprises merveilleuses.

Le capitaine était bien trop occupé pour déranger ses passagers pendant les deux journées qu'allait prendre le voyage ; deux journées durant lesquelles Gilbert serait libre de chercher à lire le doux secret dans ces yeux qui semblaient avoir emprunté leur éclat à la nacre des coquillages rares avec lesquels Marylou avait tant aimé jouer. Ces yeux uniques, frangés de noir, sous la courbe pure des sourcils pareils à deux arcs magiques. Aucune des photos que Marylou avait envoyées à Gilbert ne lui avait révélé cette métamorphose de sa beauté, qui le transportait maintenant de ravissement. Auprès de cette splendide et captivante fleur des Iles, les jeunes filles rencontrées en Europe ou en Amérique n'étaient plus aux yeux de Gilbert que des créatures sans éclat et sans charme. Et la pensée que cette merveille de la nature était à lui, Gilbert, puisque l'océan la lui avait apportée en don, l'enivrait de bonheur.

Gilbert et Marylou vécurent des heures enchanteresses. La nuit, renonçant à descendre dans leurs cabines — car même cette brève séparation leur paraissait maintenant insupportable — ils s'étendirent chacun sur une chaise longue munie de couvertures et continuèrent à se regarder, à rire et à causer. De temps en temps, le sommeil gagnait la jeune fille et les paupières alourdies se refermaient alors sur ses beaux yeux. Mais Gilbert était tenu en éveil par une émotion qui le dépassait, s'insinuait dans toutes les fibres de son corps et le remplissait d'un trouble délicieux.

Le lendemain, Gilbert fit monter une valise sur le pont, l'ouvrit et déploya devant les yeux émerveillés de la jeune fille les nombreux cadeaux qu'il lui apportait.

Marylou n'aurait pas été femme si la vue de tant de belles choses ne l'avait transportée de joie. Elle poussait des exclamations enthousiastes, mais l'idée ne lui vint pas de se jeter dans les bras de Gilbert et de l'embrasser, comme elle l'eût fait quelques années auparavant. Gilbert comprit la raison de cette réserve, qui confirmait son espoir.

Lorsque Marylou l'eut remercié de tous ses présents, Gilbert la pria de fermer les yeux. Aussitôt il glissa à son annulaire une bague en or ornée d'une gemme provenant de l'Ile Enchantée, et qui brillait d'un éclat vert au milieu d'un cercle de diamants.

Cette fois, Marylou ne trouva pas un mot de remerciement. Seuls les yeux qui étincelaient disaient à Gilbert sa joie.

Il lui parla ensuite longuement de Jean Monier, du hasard extraordinaire qui lui avait fait retrouver son père, de Mildred, de tante Alice et des examens qui lui avaient valu le diplôme d'ingénieur. De son côté, Marylou lui conta les derniers événements de l'Ile.

Les heures passaient avec une rapidité déconcertante. Bientôt, Gilbert put apercevoir à travers ses jumelles les contours des deux collines qui dominaient l'Ile Enchantée. Tenant Marylou par la main, il ne quitta plus des yeux la terre qui s'approchait. Déjà il distinguait, sur la lagune, deux silhouettes figées dans l'attente. Encore quelques minutes et des mains s'élevèrent au loin pour le saluer.

Maintenant, le fils et les parents pouvaient se voir, mais une étendue d'eau séparait encore les bras impatients de s'étreindre. Tandis que *La Mouette* se frayait un passage parmi les récifs de corail, un canot amenait M. et Mme Dornoy à bord du voilier, et ils purent enfin serrer leur fils contre leur cœur.

S'étant un peu remis de son émotion, Gilbert remarqua le changement survenu chez ses parents durant son absence. On eût dit que les années de séparation avaient doublement compté pour eux, tant ils avaient vieilli. Son cœur se serra à la vue du visage tout flétri de sa mère et des cheveux blancs de son père.

Pierre et Anna constatèrent par contre avec joie et orgueil que leur fils était devenu un homme robuste et de belle allure, chez qui tout révélait une solide santé physique et morale.

A quelques pas d'eux, Marylou se félicitait de son petit voyage et d'avoir eu Gilbert à elle seule pendant deux longues journées.

Ce jour-là, Pierre Dornoy ne demanda pas à entendre le rapport du capitaine. Les affaires pouvaient attendre. Il avait hâte de rentrer pour jouir pleinement de la présence de son fils.

Une voiture à cheval attendait la famille sur la rive. Depuis des années déjà, Mme Dornoy avait dû renoncer aux promenades équestres qui l'épuisaient. Elle monta donc sur le siège capitonné et Marylou prit place près d'elle. Pour le père et le fils, il y avait là deux chevaux de selle.

Précédée des deux cavaliers, la voiture s'avança prudemment sur le chemin rocailleux qui grimpait vers la vaste maison blanche au sommet de la colline.

***

Plusieurs semaines s'étaient écoulées depuis le retour de Gilbert dans l'Ile, semaines pendant lesquelles Pierre Dornoy avait eu fort à faire. Il avait dû d'abord régler les comptes avec le capitaine de *La Mouette*, décharger les marchandises apportées, puis préparer une nouvelle cargaison. A peine *La Mouette* avait-elle levé l'ancre que l'autre voilier accosta, apportant un tas de quittances à vérifier et de commandes à examiner. Il avait fallu ensuite le charger à son tour et préparer un courrier volumineux.

Un jour enfin, *La Brise* ayant à son tour pris le large, Pierre Dornoy emmena Gilbert dans son cabinet de travail pour parler plus longuement avec lui. Il l'interrogea d'abord sur ses projets. Gilbert confirma ce qu'il avait déjà écrit dans ses lettres : son désir de s'établir aux Etats-Unis, d'y fonder une entreprise de construction.

— C'est parfait, dit Pierre. Tu comptes dans ce pays des amis qui pourront te guider les premiers temps. Je pense à Mr. Warren et à Mr. Monaw dont tu m'as tant parlé dans tes lettres. Tu disposes d'un capital suffisant pour réaliser ton plan. Je compte en outre employer les mois qui viennent à arrondir, grâce à ton aide, notre compte en banque.

Il lui expliqua alors où en était l'exploitation de la mine. A la suite d'un orage particulièrement violent qui avait produit l'éboulement d'un gros bloc de pierres, la crête rocheuse de la colline aux gemmes s'était fendue, découvrant un autre gisement, plus riche que le premier. Déjà M. Dornoy en avait extrait de nombreuses pierres, mais le travail était trop ardu pour lui.

— Nous n'aurons sûrement pas le temps d'épuiser la mine, dit-il, et force nous sera de l'abandonner à l'Etat. Mais je ne signalerai le gisement qu'à cette condition : trente pour cent de son rapport devront être versés aux œuvres de bienfaisance indiquées par moi. Qu'en penses-tu, mon fils ?

— Je te reconnais bien là, père, à la fois plein d'ingéniosité et de générosité.

— Je suis content que tu approuves mon plan. Evidemment, je n'en soufflerai pas mot avant que le produit de la vente de nos cailloux soit versé à notre compte en banque. Ce sera à toi, une fois de plus, de réaliser cette transaction.

Ce disant, Pierre Dornoy ouvrit son coffre-fort et en sortit un gros sachet qu'il tendit à Gilbert.

— A combien estimes-tu ce paquet ?

Gilbert répandit sur le bureau le contenu du sachet, examina les spécimens les plus gros et dit :

— Il y a bien le double de ce que j'ai emporté en Europe, il y a quatre ans.

— Je compte en extraire encore au moins autant jusqu'à notre départ. Il y a en outre tout notre cheptel et nos voiliers que nous céderons à l'Etat à bon compte. Nous ne quitterons pas l'île les mains vides, mon petit. J'ai pensé réserver, pour Marylou, une part de cette fortune, mettons un quart puisque nous sommes quatre. Il faudra la doter convenablement... si elle épouse un autre homme que toi.

Gilbert tressaillit. Son père avait percé à jour sa pensée la plus secrète.

— Père !...

En souriant, celui-ci posa une main sur l'épaule du jeune homme.

— Depuis ton retour, je ne cesse de vous observer, Marylou et toi. Et j'ai acquis la certitude que votre attachement réciproque n'est pas celui d'une sœur et d'un frère.

— Oui, j'aime Marylou, dit Gilbert, mais je n'ose lui en parler. Elle n'a pas encore compris son sentiment.

Pierre Dornoy hocha la tête avec approbation.

— Tu as raison, laisse le temps agir. Elle est encore bien jeune. A vrai dire, ta mère et moi, nous savons depuis longtemps que la petite t'aime profondément. Mais nous étions moins sûrs de toi. Ces années passées à l'étranger auraient pu changer tes sentiments. Une autre femme aurait pu entrer dans ta vie.

— Oh non ! s'écria Gilbert avec feu. La vue des autres jeunes filles ne faisait qu'accroître ma tendresse pour Marylou.

— Je suis heureux de t'entendre parler ainsi. Comme cela, votre avenir à tous deux est réglé. A mon âge, on supporte mal l'incertitude. Nous pourrions vous manquer bientôt, et alors...

— Il faut écarter cette pensée sans aucun fondement, père, dit Gilbert.

Mais sous l'effet de ces paroles l'inquiétude s'introduisit sournoisement en lui.

Ayant quitté son père, Gilbert trouva sous la véranda Marylou occupée à un travail d'aiguille.

— Où est maman ? demanda-t-il.

— Elle est allée se reposer. Un rien la fatigue, maintenant.

— Oui, elle a beaucoup vieilli, dit Gilbert en soupirant.

Marylou regarda autour d'elle pour s'assurer que personne ne pouvait les entendre.

— C'est qu'elle est souffrante, mais elle ne veut pas qu'on le sache de crainte de nous causer des soucis. Pourtant, elle devrait se soigner.

— Tu m'inquiètes, Marylou.

— Je le sais, mais il le faut. Maman a des douleurs qui reviennent à des intervalles de plus en plus rapprochés. Le vieux Noya — tu te rappelles, c'est le doyen des indigènes — lui a confectionné un baume avec des plantes de l'île, et maman affirme qu'une friction avec cette préparation lui fait beaucoup de bien. Cela m'étonnerait pourtant qu'un tel remède puisse faire autre chose qu'atténuer les symptômes d'un mal interne. Qu'en penses-tu, Gilbert ?

— Hélas, Marylou, ces trente années de tropiques ont usé maman. Elle a sûrement besoin d'un traitement plus efficace que la panacée de ce brave Noya. Papa aussi supporte mal ce climat à la longue.

— Papa a pourtant bonne mine, objecta la jeune fille.

— Oui, il a le teint fortement coloré, mais ce n'est pas toujours bon signe. Il s'essouffle facilement. Décidément, cela vaudra mieux pour tous les deux d'aller vivre dans un climat plus tempéré. Pour toi aussi, Marylou... mais au fait, que brodes-tu là ?

— Une nappe, Gilbert. C'est pour mon trousseau. Maman a dit que toute jeune fille doit préparer son trousseau. Je sais bien que c'est absurde, ajouta-t-elle.

Gilbert sentit sa gorge se serrer.

— Alors, cette nappe... c'est pour le cas où tu te marierais ?

Marylou rougit légèrement et éclata de rire.

— Une drôle d'idée, n'est-ce pas, Gilbert ?

— Drôle ? Pas du tout. A ton âge, les jeunes filles pensent à se marier. C'est tout à fait normal.

— Peut-être, mais en ce qui me concerne, je suis bien décidée à ne pas me marier. Je resterai toujours avec vous.

Gilbert semblait contempler attentivement le motif de la broderie et sans lever le regard :

— Alors, tu ne veux pas te marier ?

— Bien sûr que non ! Vous quitter pour partager la vie d'un étranger ? Ce serait tout simplement affreux ! N'en parlons plus, veux-tu, Gilbert ?

— Oh, je veux bien. Mais alors, que feras-tu de cette nappe ?

— Je n'en sais rien.

— Eh bien, puisque tu ne sais qu'en faire, pourquoi ne me l'offrirais-tu pas quand je me marierai ? C'est une très jolie nappe à thé.

Il avait prononcé ces paroles sans avoir regardé Marylou, accordant en apparence toute son attention à l'ouvrage. Comme la jeune fille ne lui répondait pas, il leva les yeux et prit peur à la vue de son visage bouleversé. Elle chercha cependant à se dominer et dit d'une voix faible :

— Alors... tu veux te marier ?

Partagé entre la pitié et la joie, il ne put résister cependant à la tentation de pousser un peu plus sa pointe.

— Bien sûr, Marylou... un homme a le devoir de fonder un foyer.

Elle lutta un instant contre son émotion.

— Sans doute sais-tu déjà... avec qui.

Il aurait voulu s'écrier : « Mais avec toi, ma bien-aimée », mais il se dit que le moment n'était pas encore venu, et ne voulant pas tourmenter Marylou plus longtemps, il répondit avec calme :

— Oh non, je n'en sais rien encore. D'ailleurs, cela ne presse pas. Il se peut même que je ne me marie jamais. Qui sait ? Je veux dire que si tu consens à rester avec moi, je n'aurai pas besoin d'une autre compagne. Tu seras la maîtresse de ma maison et tu garniras ma table de jolies nappes brodées.

Les couleurs revinrent sur les joues de la jeune fille.

— Oh oui, Gilbert ce sera mieux ainsi. Quel besoin as-tu d'une autre femme ? Nous devons continuer à vivre ensemble, tous les quatre, papa, maman, toi et moi.

— Je veux bien, mais à condition que tu ne changes pas d'idées, Marylou et que tu me promettes de ne jamais épouser un autre homme.

— Je te le jure, dit la jeune fille, avec gravité. Mais à ton tour, promets-moi de ne pas te marier avec une autre femme.

— Je te le jure, dit Gilbert en saisissant la main de Marylou. Nous serons l'un à l'autre pour toujours.

Une pensée sembla traverser l'esprit de la jeune fille.

— Tu as pourtant rencontré beaucoup de femmes, là-bas.

— Bien sûr, et certaines m'ont même été très sympathiques.

Il lui parla de ses camarades d'études et surtout de Mildred Warren dont il loua le charme et la vivacité.

— Vous deviendrez sûrement de bonnes amies. Mildred est un être exquis.

Marylou le scruta du regard.

— Elle te plaît beaucoup, n'est-ce pas ?

— Beaucoup, mais elle plaît encore davantage à mon ami Jean Monier qui ne tardera sûrement pas à l'épouser.

Marylou poussa un profond soupir de soulagement.

Anna Dornoy vint les rejoindre sur la terrasse. Gilbert se précipita vers elle.

— Tes douleurs sont-elles passées, maman ?

— Ah ! je vois que Marylou a bavardé. Rassure-toi, Gilbert, c'est un petit point de côté sans importance. Le baume du brave Noya le fait disparaître en quelques minutes.

— Il faudrait te soigner sérieusement, dit Gilbert.

— Allons donc ! A mon âge, on a toutes sortes de misères et il est plus raisonnable de ne pas y prêter trop d'attention. Surtout, ne dites rien à papa. Il s'effraie si facilement.

Anna avait beau rassurer son fils, celui-ci décelait dans le visage fané de sa mère la marque d'une usure précoce. Et il décida de hâter le départ de l'île.

CHAPITRE XII

Pendant les semaines qui suivirent, Pierre et Gilbert Dornoy consacrèrent tout leur temps à l'extraction des gemmes. Sans les lettres de tante Alice et de Jean, Gilbert aurait eu l'illusion qu'il n'avait jamais quitté l'Ile Enchantée.

Chaque matin, il faisait l'ascension du pic élevé où se trouvait le gisement et, à l'aide d'un petit marteau d'acier, brisait la masse rocheuse qui recélait les pierres scintillantes. Père et fils ne rentraient jamais bredouilles, et ce travail les absorbait tant qu'ils ne voyaient guère Anna et Marylou que pendant les veillées.

Pierre Dornoy n'avait pas tardé à faire connaître au gouvernement qu'il était prêt à quitter l'île quelques mois avant le terme et à lui céder son cheptel ainsi que ses bateaux. Il proposait par conséquent de faire dresser l'inventaire complet de ses biens. Il n'avait pas non plus oublié de régler la question de ses ouvriers indigènes. Le délégué du ministère venu pour inventorier l'île l'avait assuré que les habitants pourraient continuer leur travail dans les mêmes conditions que par le passé. Cela fut un grand soulagement pour la famille.

A partir de ce jour, les affaires commerciales de l'Ile ne se poursuivirent qu'au ralenti. *La Mouette* et *La Brise* parcouraient encore les mers, mais avec des cargaisons de plus en plus légères.

Un jour, tandis que Pierre et Gilbert se dirigeaient vers la mine, ce dernier dit :

— Il est grand temps que maman rentre en Europe pour consulter un médecin.

Pierre regarda son fils d'un air surpris.

— Que veux-tu dire ? Crois-tu que ta mère soit malade ?

— Hélas ! N'as-tu pas remarqué sa mauvaise mine ? Elle ne parle pas de ses malaises, mais sa santé est loin d'être parfaite.

Comme sous l'effet d'un coup violent, le père se laissa choir sur une pierre et resta ainsi, fixant sur son fils des yeux hagards.

— Oui..., balbutia-t-il, elle a parfois l'air souffrant.

— Pauvre maman ! Elle se contente d'un baume fabriqué par Noya. Mais elle a grand besoin d'un médecin sérieux. Il faut hâter notre départ.

Sous l'effet de l'émotion, le visage de Pierre devint livide, et cette fois, c'est l'aspect de son père qui alarma Gilbert. Il se pencha sur lui.

— Père, qu'as-tu ? Te sens-tu mal ?

— Non, ce n'est rien... C'est l'inquiétude pour ta mère. Tu m'as fait peur, Gilbert.

— Je n'aurais pas dû t'en parler.

— Mais si, c'était ton devoir... C'est curieux, j'en tremble encore, et mes genoux fléchissent. C'est que, vois-tu, mon garçon, quand on a passé sa vie auprès d'une compagne aimée, la pensée qu'on pourrait se trouver seul est un vrai supplice.

— Il ne faut pas prendre les choses au tragique, père. Le voyage, le changement de climat seront sûrement salutaires à maman.

— Oui, Gilbert, il me tarde déjà de partir. A vrai dire, je me sens un peu fatigué depuis quelque temps. Ma résistance s'est amoindrie et je suis sujet à des vertiges.

Il fit un effort pour se relever, mais Gilbert l'obligea à se rasseoir.

— Attends-moi ici. Je monte pour une heure ou deux, après quoi nous rentrerons ensemble.

Pierre Dornoy obéit avec la docilité d'un enfant.

— Bien, bien, mon grand. Je t'attends.

Le cœur gros, Gilbert se mit à grimper vers le gisement. Il travailla comme les jours précédents, mais sans enthousiasme. L'inquiétude que lui inspirait la santé de ses parents le rongeait. Au bout d'une heure, il descendit et trouva son père endormi, toujours à la même place. Il posa la main sur son épaule.

— Je crois bien que j'ai fait un petit somme, dit Pierre en souriant.

— Oui, père.

— Cela m'a fait du bien. Décidément, je vieillis. M'endormir comme cela, en plein jour ! J'ai fait d'ailleurs un rêve merveilleux. Ta mère m'est apparue telle qu'elle était, jeune et pleine de santé, quand j'allai la chercher dans le port où elle m'attendait, pour l'épouser... Comme c'était beau ! Je me sens tout ragaillardi par ce rêve !... Oui, il faudra que ta maman se soigne, qu'elle retrouve sa fraîcheur. Nous avons connu des jours heureux, elle et moi...

— Vous en connaîtrez d'autres encore, dit Gilbert. A condition que nous partions au plus vite. Plus rien ne nous retient dans l'île. Cette visite dans la mine a été la dernière, je viens de prendre cette décision. J'ai trouvé encore quelques belles pierres, mais pour continuer le travail, il faudrait faire sauter la roche à la dynamite. Ne penses-tu pas, père, que nous sommes assez riches comme cela ?

Pierre Dornoy approuva de la tête.

— Si cela te suffit, à toi... Rentrons maintenant. J'ai hâte de revoir ta mère. Comme elle était belle dans mon rêve.

Ils gagnèrent leurs chevaux qui attendaient en bas de la colline et un quart d'heure plus tard, Pierre annonçait à sa femme :

— Nous aurons fort à faire, ma chère Anna, pendant les jours qui viennent. Dans trois semaines, nous partons. Il faudra préparer notre baluchon, plaisanta-t-il.

— Notre baluchon, dit Anna en riant, aura des proportions respectables. Je me demande si les malles que le capitaine nous a apportées nous suffiront.

Après le repas, Pierre et Anna sortirent sous la véranda. Tournés vers la mer, la main dans la main, ils laissèrent leurs regards errer vers le lointain. Le regret de leur Ile Enchantée les assaillit soudain.

— Ma chère, ma brave Anna, murmura Pierre, quelle magnifique compagne tu as été pour moi pendant ces longues années !

Anna resserra l'étreinte de sa main.

— Et toi, Pierre ! Ne m'as-tu pas fait connaître le bonheur dans ce paradis créé par toi ?

— Dis-moi franchement, Anna. N'as-tu jamais regretté de m'avoir suivi si loin, d'avoir partagé ma solitude ?

— Jamais, Pierre. Et même maintenant, c'est à contrecœur que je retourne vers le monde.

Pierre poussa un profond soupir.

— J'ai de la peine, moi aussi, à quitter notre île. C'est que, vois-tu, l'aventure ne m'attire plus du tout. C'est au tour de Gilbert de chercher maintenant un paradis sur terre. Et je suis heureux de savoir qu'il ne sera pas seul, car il a trouvé la compagne qu'il lui faut.

— Marylou ?

— Oui, c'est certain. Gilbert l'épousera et fera son bonheur.

Ils restèrent longtemps ainsi, côte à côte, échafaudant des projets d'avenir ou évoquant des souvenirs. Au soir de leur existence calme et laborieuse, ils offraient un magnifique spectacle de sérénité et d'harmonie.

Pendant ce temps, Gilbert et Marylou rassemblaient les objets qu'ils voulaient emporter de l'Ile. La jeune fille venait justement d'apporter un album de photographies, œuvre de M. Morel. Ils ne purent résister au plaisir de le feuilleter ensemble.

— Regarde, Marylou, comme tu étais mignonne à trois ans !... Tiens, c'est le costume que je portais le jour où je t'ai trouvée en mer... Et voici la tombe de ta mère.

— Oui, maintenant, M. Morel repose non loin d'elle. Il m'avait dit un jour que c'est là qu'il aurait voulu dormir son dernier sommeil.

— La photo de papa et de maman ! Comme ils ont l'air jeunes !... Le vieux Noya... Et voici la noce de la petite-fille de Noya ! Voilà un instantané bien amusant : une famille de singes grimpant dans un palmier !

— Oui, Gilbert... Ça, c'est notre maison... La vue de l'île du haut de notre véranda... Ici, c'est toi tirant à l'arc. C'est ta meilleure photographie..., mais comme tu as changé depuis !... M. Morel ! C'est maman qui l'a photographié. Le missionnaire qui vient parfois dans cette île... Les deux voiliers ! Ton yacht ! Ça, c'est moi le jour de mon treizième anniversaire. Je porte la montre que tu venais de m'envoyer de Paris, et je m'efforce de la mettre au premier plan. Comme je suis contente d'avoir toutes ces photos. De mes vrais parents, je n'ai que le petit portrait de mon médaillon.

Elle l'ouvrit et Gilbert regarda l'image effacée qu'il contenait. Puis, il le referma et le médaillon disparut à nouveau dans le corsage de la jeune fille. Gilbert lui lança un regard étrange.

— Tu n'appartiens qu'à nous..., dit-il d'une voix sourde.

Marylou reposa l'album.

— Bien sûr, et personne ne s'avisera jamais de prétendre le contraire.

— Le ferait-on que nous ne te céderions pas... jamais !

Devant son air farouche, Marylou, un peu mal à l'aise, voulut faire diversion.

— Allons, range cet album, Gilbert. Pauvre M. Morel, il faudra le laisser ici, lui et ma première maman.

— Je serais plus tranquille de savoir déjà père et mère en France, dit Gilbert en soupirant.

Au thé, ils constatèrent avec plaisir que leurs parents avaient l'air reposés et que les yeux brillaient d'un éclat presque juvénile. Pierre riait et plaisantait, Anna ne semblait souffrir d'aucun malaise. Gilbert se fit des reproches d'avoir cédé, tout à l'heure, à de sombres pressentiments.

Le capitaine de *La Mouette* était invité pour le repas du soir. Plus gourmand que jamais, il huma, dès son arrivée, les odeurs appétissantes qui s'échappaient de la cuisine. Et comme d'habitude, il commença par un verre de whisky qu'il but en compagnie de Pierre.

— A vrai dire, les alcools ne me valent rien, dit le maître de maison, mais une fois n'est pas coutume.

Au repas, il fit ouvrir deux bouteilles d'un généreux bordeaux auquel il fut seul avec le capitaine à faire honneur. Et il dégusta même un verre de cognac après le café.

La soirée se passa dans une atmosphère paisible et même gaie. la chambre d'amis était préparée à l'intention du capitaine qui ne devait retourner à bord que le lendemain matin. Vers dix heures, chacun gagna sa chambre et bientôt la dernière lumière s'éteignit dans la vaste maison au sommet de la colline.

Réveillé de bonne heure, Gilbert se leva en hâte. Il n'était que temps car « le vieux loup de mer » — comme il aimait à s'appeler lui-même — était sur le point de quitter la maison.

— Quand levez-vous l'ancre ? demanda Gilbert.

— Ce soir, avant le coucher du soleil.

— Nous irons sans doute vous voir encore, Marylou et moi.

— Cela me fera plaisir.

Le capitaine parti, Gilbert sortit sur la terrasse pour se livrer à sa séance matinale de culture physique. Il remplit ses poumons de l'air vivifiant chargé d'odeurs salines. Une paix profonde régnait sur l'île. Seuls quelques singes bondissaient dans les arbres et une volée d'oiseaux survolait la colline, partant à la chasse.

En souriant, Gilbert compara ce séjour plein de calme reposant au grand port américain agité par une vie intense. Deux paradis, mais combien différents !

Bientôt son sang circula plus vivement sous sa peau, ses membres engourdis par le long repos se délièrent, retrouvant leur vigueur et leur élasticité. Il fit un dernier mouvement de gymnastique et s'immobilisa, prêtant l'oreille. A cette heure, Marylou était d'habitude levée. Mais il n'entendit que le claquement des pieds des domestiques sur le parquet. La maison dormait encore.

Il se plongeait dans ses pensées. Combien de temps lui faudrait-il encore attendre avant que le sentiment de Marylou parle clairement en elle-même ? Peut-être le voyage contribuerait-il à hâter les choses ? L'attente lui paraissait bien longue, il parvenait de moins en moins à jouer convenablement son rôle de grand frère.

Il écouta encore, dans l'espoir d'entendre la voix fraîche de Marylou. Mais c'est une autre voix qui retentit, une voix de femme glacée d'effroi. Gilbert bondit. Il avait reconnu la voix de sa mère. Il voulut courir dans sa chambre, mais déjà elle était sur la terrasse, en peignoir, ses cheveux grisonnants éparpillés sur ses épaules. Les yeux hagards, éperdue, elle vint vers son fils, semblant chercher un soutien.

— Gilbert !... Oh ! Ton père... gémit-elle.

Elle s'écroula sans connaissance dans les bras de Gilbert.

Marylou accourut, vêtue d'une robe de chambre claire, les cheveux défaits. Elle était en train de se coiffer quand elle avait entendu le cri d'Anna. Deux domestiques la suivaient.

— Qu'est-il arrivé à maman? demanda-t-elle, anxieuse.

Gilbert porta le corps inerte d'Anna sur le divan de la salle à manger. Il pâlit sous l'effort. Sa mère lui paraissait extraordinairement lourde.

— Maman s'est évanouie, dit-il. Reste auprès d'elle, et essaie de la ranimer. Il faut que j'aille voir père.

Et, jetant aux deux domestiques l'ordre d'aider Marylou, il courut dans la chambre à coucher.

Là, il vit son père, immobile et raide sur son lit. Ses yeux étaient grands ouverts, mais leur regard fixe était éteint. Pierre Dornoy ne vivait plus. Il avait été foudroyé pendant la nuit par une embolie. Peut-être le verre de whisky et le vin absorbés au repas du soir avaient-ils hâté le fatal dénouement. A son réveil, la vue de son visage sans vie avait arraché à Anna son cri d'angoisse.

Profondément bouleversé, Gilbert abaissa les paupières sur les yeux qui ne voyaient plus et joignit les mains raidies. Après une brève prière, il se hâta de rejoindre sa mère. Son père n'avait plus besoin de lui.

Mais une douloureuse surprise l'attendait. Ce n'était pas l'évanouissement qui avait fait s'effondrer sa mère. Anna Dornoy était morte subitement, à la suite de l'émotion violente qu'elle avait ressentie devant la perte de son compagnon. C'était un corps sans vie que Gilbert avait transporté sur le divan, et c'est pourquoi il lui avait paru si lourd. Le cœur d'Anna Dornoy, malade depuis des mois, avait cessé de battre à jamais.

Au moment où Gilbert le rejoignait, Marylou venait de comprendre que l'irréparable était arrivé. Pâle elle-même comme une morte, elle fit un pas en avant en désignant la mère. Si Gilbert ne l'eût pas soutenue au dernier moment, elle se fût sans doute effondrée sans forces. Il l'assit sur une chaise et, prenant de la main de la domestique un flacon de sels, il l'approcha des narines de Marylou. Elle revint vite à elle et Gilbert put aller se pencher sur sa mère, tandis qu'une douleur infinie lui serrait le cœur comme dans un étau. Il ferma les yeux de la morte et se laissa tomber à ses pieds. Des sanglots contenus l'étranglaient. Ce double deuil l'éprouvait trop cruellement !

Marylou, qui s'était approchée, entoura de son bras les épaules de Gilbert. Elle sentait instinctivement qu'il avait plus besoin de réconfort qu'elle-même, quelle que fût sa propre affection pour ses parents adoptifs.

— Gilbert..., mon pauvre Gilbert..., murmura-t-elle. Maman nous a-t-elle vraiment quittés ?

Il fit un signe affirmatif, incapable de prononcer un mot, saisit la main de la jeune fille et la serra fortement dans la sienne.

Les deux domestiques avaient alerté le reste du personnel et maintenant la maison retentissait de manifestations bruyantes de deuil.

— Viens, Gilbert, dit la jeune fille. Il faut mettre papa au courant avec ménagement. Les cris des servantes pourraient l'effrayer.

Gilbert se leva et, contenant ses larmes au prix d'un effort farouche de sa volonté, il aida Marylou à se relever. Il posa alors sur elle un regard plein d'une infinie tristesse et dit :

— Marylou, papa n'est plus... C'est en le trouvant mort, tout à l'heure, que maman a poussé ce cri. Son cœur n'a pu résister à cette douleur... ainsi le départ de l'Ile leur sera épargné à tous les deux.

Alors, des larmes salutaires jaillirent des yeux de la jeune fille. Et c'est les joues toutes mouillées de pleurs qu'elle se fit conduire par Gilbert vers le corps de son père adoptif.

Un domestique envoyé à bord de *La Mouette* revint avec le capitaine. Gilbert avait besoin de son aide pour régler certaines questions pratiques et remplir les formalités qui s'imposent en pareilles circonstances. L'amère consolation de pouvoir s'abandonner entièrement à sa douleur était refusée au jeune homme.

Profondément ému, sa casquette à la main, son visage tanné et sillonné de mille rides exprimant une tristesse recueillie, le vieux marin se tint longtemps immobile devant la couche funèbre où Pierre et Anna reposaient, unis pour l'éternité. Il prenait une part sincère au seuil de la maison.

Le maître de l'Ile avait depuis longtemps gagné son estime et son amitié. Le marin avait même rejeté la proposition du gouvernement de continuer à assurer le service de l'Ile avec *La Mouette* que l'Etat achetait à M. Dornoy. Il aurait considéré comme une sorte de trahison envers ce dernier d'accepter cette offre.

— Après tout, j'ai l'âge de me mettre à la retraite, avait-il dit en riant.

Et Pierre lui avait remis, la veille, un chèque important, à titre de gratification pour ses longues années de services dévoués.

Le capitaine se tint à la disposition de Gilbert pour

toutes les démarches à faire dans les administrations de l'île voisine.

— Je ne commande plus que deux billets pour le paquebot, dit-il. Vos parents n'ont pu se résigner à quitter leur paradis.

— Oui, dit Gilbert. Comme M. Morel, ils sont restés fidèles à l'Ile Enchantée.

— Je viendrai vous chercher en temps voulu. Ce sera mon dernier voyage à bord de *La Mouette* et le chant du cygne de ma carrière de marin.

— Vous emmènerez ce soir avec vous mon yacht, et le gendre de Noya vous accompagnera. Il ramènera avec le yacht un missionnaire de la petite île qui se trouve sur votre chemin. Je veux donner à mes parents une sépulture chrétienne.

— Vous pouvez compter sur moi, tout sera fait à temps.

Lorsque Anna et Pierre Dornoy eurent rejoint, sous les palmiers, la mère de Marylou et M. Morel, l'île parut affreusement vide à ses habitants blancs. Par bonheur, tout leur temps fut accaparé, pendant ces derniers jours, par les préparatifs de leur voyage. Quand il eut terminé les négociations avec le délégué du ministère venu prendre possession de l'île, Gilbert aida activement Marylou à faire les malles.

Le jour de leur départ, ils allèrent dire adieu aux quatre tombes qu'ils laissaient dans l'Ile et dont le soin était désormais confié à la famille de Noya. Ils firent une dernière prière fervente pour la paix éternelle des chers disparus, et se dirigèrent, la main dans la main, vers la baie où les voiles blanches de *La Mouette* resplendissaient sous un ciel incroyablement bleu, telles les ailes déployées de quelque gigantesque oiseau de mer.

CHAPITRE XIII

Jean était attendu à son débarquement à New York par trois personnes : Georges Monaw, John Warren et Mildred. Une flamme brillait dans les yeux de la jeune fille et son cœur battait la chamade.

Après quelques chaleureuses paroles de bienvenue, le père et la fille félicitèrent Jean pour le brillant résultat de son examen final, qu'il leur avait annoncé par télégramme. Puis ils prirent congé, sans que Jean eût eu l'occasion d'échanger quelques paroles avec Mildred seule. Devant son air déçu, Mr. Monaw lui dit :

— Rassure-toi, mon garçon, nous les retrouverons tout à l'heure chez nous. Ce soir, nous fêtons ton diplôme. Et ton ami Gilbert, comment va-t-il ?

— Très bien. Il a obtenu, lui aussi, son diplôme d'ingénieur. Il vogue maintenant vers l'Ile Enchantée.

— Il te manquera beaucoup, dit le père.

— Bien sûr, mais il ne tardera pas heureusement à me rejoindre avec toute sa famille. Il est même possible que Mme Ponsard l'accompagne.

— Je serais heureux de leur offrir l'hospitalité dans ma maison. Gilbert est un garçon chamant et sa tante une personne extrêmement intéressante. Je voudrais pouvoir lui témoigner ma reconnaissance de tout ce qu'elle a fait pour moi.

Dans l'après-midi, Jean, qui ne se ressentait aucunement des fatigues de la traversée effectuée dans d'excellentes conditions, accompagna son père à l'usine. Il emportait une serviette de cuir bien bourrée dont le mystérieux contenu ne manqua pas d'intriguer Georges Monaw.

— J'ai hâte de me voir assigner une fonction précise dans votre entreprise, dit-il, et de gagner de l'argent.

Le père sourit.

— Ne te fais pas de soucis, Jean. Tu ne risques pas de souffrir du chômage. Mais pourquoi diable es-tu si pressé de gagner de l'argent ?

Jean prit un air grave.

— Il me tarde de conquérir mon indépendance... surtout à cause de Mildred. Elle m'a attendu fidèlement pendant quatre ans. Je ne voudrais pas lui imposer une nouvelle période d'attente... ni à elle ni à moi.

— Je le comprends parfaitement. Mais c'est facile à arranger. Je suppose que tu aspires à un poste lucratif ?

— Suffisamment lucratif pour assurer à Mildred une existence aussi confortable que celle qu'elle a menée jusqu'ici et aussi pour inspirer confiance à Mr. Warren.

— Hum ! Ce n'est pas peu dire, dit le père avec un sourire taquin. Mais trêve de plaisanteries ! Dès demain tu commenceras un stage dans mes établissements. Je fixe cette période à trois mois étant donné tes capacités qui me paraissent être au-dessus de la moyenne. Au bout de ce temps, je te prends pour associé avec le titre de directeur-adjoint.

— Oh père ! s'écria Jean en saisissant les mains de Georges Monaw en un geste de gratitude. Vraiment, vous me facilitez trop de choses. Je voudrais prouver que je vaux quelque chose par moi-même.

— Voyons, tu l'as suffisamment prouvé. Tout début est difficile. Rome n'a pas été bâtie en un jour, je le sais par expérience.

— Certainement, mais un associé doit en principe apporter quelque chose à l'affaire. Il est vrai que je ne viens pas les mains tout à fait vides. J'ai mis au point, à Paris, une invention, un nouveau procédé de teinture qui pourrait trouver une application dans vos usines. Il s'agit de couleurs bon teint obtenues à froid et résistant absolument à la lumière. Et cela pour tous les coloris, sans excepter les nuances pastel. J'ai trois formules différentes, applicables soit aux étoffes, soit au cuir, soit au bois.

Georges Monaw écoutait son fils d'un air incrédule.

— Ne me promets-tu pas un peu trop ?

— Je n'ai pas fini, mon père. Le résultat dont je parle, je l'ai obtenu il y a deux ans déjà, mais je n'étais pas entièrement satisfait. Je me rendais compte que ce procédé était susceptible d'être perfectionné : mes couleurs, bien qu'à l'épreuve de la lumière, ne résistaient pas à certaines influences extérieures. Et j'ai cherché longtemps la formule d'un fixatif qui les rendrait absolument inaltérables.

« Un soir, enfin, je le trouvai. J'étais au théâtre avec Gilbert et Mme Ponsard quand l'idée surgit en moi, brusquement. Sans attendre la fin du spectacle, je m'en allai, prétextant un mal de tête. Et je courus directement au laboratoire. En bras de chemise, oubliant de revêtir ma blouse — tant j'étais impatient de faire mon expérience — je me mis au travail. Mes mains tremblaient et, en préparant mes bains, j'éclaboussai ma belle chemise blanche à plastron. A l'aube, mes bains étaient prêts, mais je n'avais plus le temps de teindre mes échantillons, car il était l'heure de débarrasser le laboratoire. Je répète qu'il s'agit de bains à froid, et il est inutile de vous dire combien cela simplifie les procédés de teinture employés jusqu'ici.

— En effet, dit Georges Monaw, mais alors il est impossible que ces couleurs soient bon teint.

Jean rit avec satisfaction.

— C'est parfaitement possible, mon père. Ecoutez-moi. En voyant ma plus belle chemise transformée en une palette de peintre, je courus la porter à la teinturerie pour la faire détacher pendant que les couleurs étaient encore fraîches, et la faire blanchir comme d'habitude. Lorsque j'y retournai, le teinturier me montra un paquet de lambeaux bariolés.

« Voici ce qui reste de votre chemise, dit-il. J'ai essayé sur elle tous les détachants, tous les détersifs. Je l'ai fait bouillir, je l'ai trempée dans une solution de chlore puis d'eau oxygénée. Comme les taches ne partaient toujours pas, dans ma fureur, j'ai eu recours à des corrosifs. Et voilà le résultat. Mais enfin, qu'est-ce que vous y avez mis à votre chemise ? Voici vingt ans que je fais mon métier, et je n'ai jamais rien vu de pareil. »

« J'aurais voulu embrasser le teinturier, tant la vue de ces haillons multicolores m'a rempli de joie. J'ai teint pendant la nuit mes échantillons en employant mon fixatif et j'appliquai ensuite les procédés de décoloration connus. Toutes les couleurs résistèrent, sans changer de nuance. Toutes les couleurs, mon père, vous entendez, même les coloris les plus fragiles, même le bleu pastel sur de la laine, de la soie, du cuir. Vous voyez bien que je ne viens pas les mains vides.

Georges Monaw l'avait écouté avec un intérêt croissant, sans cependant se départir de son doute.

— Si ton invention est vraiment aussi sensationnelle que tu le dis, ta contribution d'associé devient énorme. Mais... je serais curieux de voir. Ne voudrais-tu pas refaire ton expérience pour moi ?

— J'ai tout ce qu'il me faut dans ma serviette.

Georges Monaw consulta sa montre.

— Nous avons trois heures devant nous.

— C'est largement suffisant.

— Eh bien ! allons-y. Suis-moi au laboratoire. Je brûle d'impatience de voir ce miracle se produire...

Ils pénétrèrent dans une salle immense pourvue de toutes les installations dont un chimiste puisse rêver. Jean sortit de sa serviette de nombreux échantillons en tissu, en cuir et en bois. Il se mit alors à mélanger des couleurs et à préparer des bains froids qu'il additionna d'un produit contenu dans un flacon. Les échantillons, une fois teints et séchés artificiellement, présentaient une gamme de coloris extrêmement riche.

— Voyez-vous, mon père, aucune nuance ne manque. Et maintenant que toutes les fibres, tous les filaments sont imprégnés de couleurs, essayons les décolorants.

Georges Monaw suivit avec un intérêt passionné les étapes de cette expérience dont la réussite lui apparaissait comme devant révolutionner l'industrie des couleurs.

Les teintes de tous les spécimens résistèrent victorieusement aux bains décolorants les plus concentrés.

— Ne vous ai-je pas dit, père, que ces couleurs ne bougeront pas ? On a plus vite fait de désagréger la matière que de la décolorer. Et remarquez que la teinture n'altère aucunement le grain du tissu ou du cuir. La soie la plus fine conserve sa souplesse et sa légèreté.

Georges Monaw restait muet, mais son regard en disait long sur son sentiment. Son scepticisme avait fait place à un enthousiasme sans bornes. Enfin, il éclata :

— C'est absolument renversant, mon garçon. J'en crois à peine mes yeux. Te rends-tu compte de l'importance de ton invention ? Tu t'amènes modestement avec ta serviette de cuir ; tu me demandes une petite place dans mon usine ; tu ajoutes timidement que tu ne viens pas les mains vides, alors que dans tes petits flacons dorment des millions. Eh bien ! mon ami, tu n'as plus besoin de ton père pour en imposer au père de celle que tu aimes...

Jean l'écoutait, les joues en feu.

— Je me doutais bien que cette invention n'était pas tout à fait dépourvue d'intérêt...

— N'était pas dépourvue d'intérêt ! Tu es impayable, Jean ! Cette invention nous vaudra des commandes par milliers. Nous serons imbattables sur le marché des couleurs. Tu doubles, que dis-je ? tu triples la valeur des établissements Monaw. Et si tu n'étais pas mon héritier, je te dirais que, pour une association à parts égales, ta contribution est trop forte. Maintenant, tu peux y aller carrément et demander sans crainte la main de Mildred Warren.

— Vous croyez vraiment, père...

— Si je le crois ? Mais enfin, réfléchis un peu ! Il est vrai que tu n'es encore qu'un chimiste et que tu ne sais pas grand-chose des affaires. Mais John Warren, lui, s'y entend, et tu n'auras pas besoin de lui souligner la portée de ton invention. C'est peut-être la teinture du cuir et du bois qui est la plus riche en possibilités. J'entrevois déjà des effets artistiques insoupçonnés. Je me réjouis à la pensée du beau travail que nous ferons ensemble.

Georges Monaw serra son fils dans ses bras, et en riant :

— Mon cher garçon, je commence à me demander si tu fais une bonne affaire en épousant Mildred Warren.

Jean comprit la plaisanterie et rit à son tour.

— Oh oui, mon père, une excellente affaire, ce sera la meilleure affaire de ma vie !

***

Georges Monaw, dès le retour de son fis, avait invité Mr. Warren et sa fille.

Mildred, dans une robe de soie rose pâle, le visage rayonnant de joie, parut à Jean plus belle que jamais. Lorsqu'elle lui tendit la main, il ne put s'empêcher de la garder dans la sienne un peu plus longtemps que ne l'exigeaient les convenances. Il lui en coûtait de devoir continuer à lui parler sur le ton des relations mondaines, alors que de tendres aveux se pressaient à ses lèvres.

Mrs. Johnson excellait dans l'organisation de petites fêtes familiales autant que dans celle de grandioses réceptions. La table était fleurie avec art, les mets exquis et présentés d'une façon originale, et les vins choisis avec discernement.

Au milieu du repas, le maître de la maison se dressa et leva son verre :

— Mes chers invités, dit-il, permettez-moi de vider ce verre à la santé de mon fils et associé qui vient de passer avec éclat ses derniers examens. Mais il ne s'est pas contenté de conquérir son diplôme, il m'apporte, en effet, quelque chose de plus précieux encore : une invention dont la portée pour l'industrie chimique est incalculable. Je crois pouvoir affirmer que dorénavant la firme Georges Monaw et Fils n'a plus à craindre aucune concurrence. Vous en jugerez par vous-mêmes lorsque vous connaîtrez la nature de cette invention. Pour le moment, buvons à la santé de l'inventeur Jean Monier !

Les verres s'entrechoquèrent. Les yeux de Mildred rayonnaient de bonheur et de fierté.

— Mon cher Georges, dit John Warren en souriant, je n'ai jamais douté du talent de ton fils et je ne cache pas mon dépit d'avoir été privé par toi d'un collaborateur sur lequel je fondais les plus grands espoirs. N'ajoute pas à ce crime celui d'exciter ma curiosité. Quelle est donc cette invention ?

— Tu le sauras après le repas, John, et tu verras qu'il s'agit d'une invention sensationnelle, le mot ne me paraît pas trop fort.

— A vrai dire, intervint Jean, je ne mérite pas tous ces éloges. Le hasard a joué le rôle décisif dans mes recherches.

Mr. Warren éclata de rire.

— Quelle est donc la découverte où le hasard n'ait

pas eu sa part ? Allons, monsieur Monier, si vous voulez prendre pied dans notre pays, il faut vous défaire de cette modestie excessive.

Après le café et les cigares, Georges Monaw présenta à son ami les divers échantillons teints par Jean au cours de l'après-midi, et il lui décrivit le procédé employé.

— Les coloris sont jolis, dit Mr. Warren, mais la teinture à froid a l'inconvénient de ne pas fixer convenablement les couleurs, vous le savez aussi bien que moi. Etes-vous sûrs qu'il s'agit là de couleurs bon teint ?

Le père et le fils échangèrent un sourire.

— Mon cher John, que dirais-tu si je t'apprenais que ces échantillons ont été plongés tour à tour dans tous les décolorants connus ?

Il relata les expériences qu'il avait vu effectuer à son fils. Et devant l'incrédulité de Mr. Warren :

— Demain matin, nous referons les expériences dans mes laboratoires. Tu me feras plaisir en y assistant.

— Ça, par exemple ! s'écria Mr. Warren en abandonnant son attitude sceptique. Eh bien, monsieur Monier, vous pouvez vous vanter d'avoir donné une belle leçon aux vieux routiniers que nous sommes. Voilà ce que j'appelle faire une entrée triomphale dans l'industrie chimique. Je félicite chaleureusement la firme Monaw.

— Mon cher John, dit Georges Monaw, nos deux firmes ont toujours étroitement collaboré. Je me rends parfaitement compte que mes établissements ne pourraient suffire à satisfaire les commandes qui ne tarderont pas à affluer de tous les coins du monde. Aussi vais-je te proposer une licence pour exploiter le nouveau procédé de fabrication de couleurs. Notre collaboration ne pourra qu'augmenter la prospérité de nos deux maisons respectives.

Les yeux brillants, Mr. Warren regarda tour à tour le père et le fils. Il n'eût pas été un homme d'affaires, et un homme d'affaires américain par surcroît, si cette offre l'avait laissé indifférent.

— J'accepte avec joie, dit-il. Mais il faudra prendre toutes les précautions qui s'imposent pour sauvegarder le secret de l'invention.

Ils discutèrent les détails de la mise en pratique du nouveau procédé de fabrication de couleurs. Quand ils eurent examiné le problème sous toutes les faces, Georges Monaw se tourna vers Mildred.

— Ne voudriez-vous pas nous faire entendre un peu de musique, Mildred? Cela nous changerait agréablement de la chimie.

Mildred ne se fit pas prier.

— Très volontiers. Avec vos savantes discussions auxquelles je ne comprends pas un traître mot, vous m'avez donné le sentiment d'être une petite sotte bonne à rien. Alors, je suis bien contente de vous montrer à mon tour que je sais, moi aussi, faire quelque chose. Je vais vous jouer du Mozart et du Chopin.

Elle se dirigea vers la porte pour passer dans le salon contigu où se trouvait un superbe piano à queue. Sur le seuil, Jean la rattrapa.

— Si vous permettez, je vais vous tourner les pages, dit-il.

En souriant, les deux amis suivirent le couple du regard.

— Je vous avoue, John, que j'ai prié Mildred de jouer, tout exprès pour donner à mon fils l'occasion de lui parler sans témoins. Le pauvre garçon a attendu depuis assez longtemps. Il n'a pas osé demander la main de Mildred avant d'avoir prouvé qu'il avait une valeur personnelle.

— Voilà des scrupules qui me paraissent superflus, répondit Mr. Warren. Jean a sauvé la vie de ma fille et il est en outre le fils de mon meilleur ami. Enfin, Mildred est éperdument amoureuse de lui. Il n'avait vraiment pas à craindre d'être éconduit.

— C'est bien ce que je lui disais, mais il est d'une modestie incroyable. Dommage que tu ne l'aies pas entendu parler de son invention : « Je ne viens pas les mains tout à fait vides »... « La chose n'est peut-être pas dépourvue d'intérêt » etc. Sans son invention, il aurait attendu encore quelques mois avant de se déclarer. Mais maintenant, je crois qu'il ne nous sera pas donné d'entendre un récital bien long, ce soir.

— J'ai l'impression que Mildred joue déjà avec beaucoup moins d'assurance.

Les deux amis continuèrent à causer, sans avoir l'air de s'apercevoir que la Polonaise de Chopin s'était brusquement interrompue...

Sous le regard ardent de Jean, Mildred avait joué d'abord la « Sonate en la mineur » de Mozart, puis avait attaqué une « Polonaise ». Mais quelque chose la troublait et le rythme se ralentissait peu à peu.

— Pourquoi me regardez-vous ainsi ? demanda-t-elle enfin, en cessant de jouer.

— Etes-vous sûre que je vous regarde ? dit Jean. Vous n'avez pas levé les yeux une seule fois.

Il prit sa main et d'une voix vibrante :

— On ne sent pas si bien le regard de ceux qui vous sont indifférents.

Mildred devint rouge comme une pivoine, mais elle soutint bravement le regard insistant de Jean.

— Qui vous dit que vous m'êtes indifférent, Jean ? Un homme qui m'a sauvé la vie ne saurait m'être indifférent.

Le jeune homme eut un mouvement d'impatience.

— Je vous prie d'oublier une fois pour toutes cette histoire de sauvetage. Je ne veux plus en entendre parler, dit-il d'un ton irrité.

— Pourquoi ?

— Parce que chaque fois que vous me dites quelque chose de gentil, vous ne manquez pas d'ajouter aussitôt que vous le faites par reconnaissance. N'êtes-vous capable de voir en moi que celui qui vous a aidé à sortir de l'eau ? Ah ! je sens que je commence à détester ce passeur de bac et que je suis jaloux de lui.

— Vous dites des énormités, dit Mildred en riant. Comment peut-on être jaloux de soi-même ?

Son rire malicieux, en la rendant encore plus captivante, eut raison de la réserve de Jean.

— Ah ! Mildred ! Cessez donc de me tourmenter ! Ne voyez-vous pas que je vous aime, que je suis fou de vous ? Depuis que je vous ai vue évanouie, sur le banc du bac, toute ruisselante d'eau, je ne pense qu'à vous. Pendant longtemps, je m'étais interdit d'espérer de vous avoir un jour à moi. Vous me paraissiez aussi inaccessible qu'un rêve... Mais à quoi bon parler, vous savez très bien ce qui se passe dans mon cœur.

— Oui, dit Mildred, mais parlez encore, c'est si bon d'entendre tout cela... Moi aussi, j'ai pensé sans cesse à mon héros du bac, à ce magnifique garçon en pantalon bleu, dont les bras étaient si forts et les yeux pleins d'une farouche fierté.

Jean attira Mildred vers lui et la prit dans ses bras.

— Oh, Mildred, dites-moi que vous m'aimez, que vous consentez à être ma femme.

Pour toute réponse, la jeune fille tendit sa joue qu'il embrassa passionnément.

— Voilà quatre ans que j'attends cet instant, dit-elle avec reproche, mais toute rayonnante de bonheur. Ah, Jean, vous avez mis ma patience à une terrible épreuve. Je craignais tant de vous perdre là-bas, dans votre pays plein de jolies femmes.

— De jolies femmes dans mon pays ? dit Jean en feignant l'étonnement. Oui, en effet, j'en ai rencontré, en France, une qui était vraiment très belle. C'était sur un bac...

Ils rirent tous les deux, indiciblement heureux. Tout à coup, ils se retournèrent. Les deux pères avaient surgi sur le seuil du salon.

— Et votre morceau, Mildred ! réclama Mr. Monaw. Est-ce cela que vous appelez faire de la musique ?

Toute rouge de confusion, elle ne perdit pas cependant sa présence d'esprit et répondit en riant :

— Mais oui, monsieur Monaw. Je viens d'entendre la musique la plus sublime qui soit. Je ne la donnerais pas pour tous les concerts du monde.

— Et ce que Mildred m'a dit, ajouta Jean, est plus beau que le chœur céleste des anges.

Puis se tournant vers Mr. Warren :

— Je dois vous demander pardon d'avoir brûlé une étape en demandant directement sa main à Mildred. J'aurais dû m'adresser d'abord à vous...

Mildred se jeta dans les bras de son père :

— Papa, tu sais bien que j'aime Jean et que je n'épouserai jamais un autre homme que lui.

Mr. Warren embrassa sa fille, puis tendit la main à Jean.

— A la vérité, dit-il, je n'ai guère plus de droit de disposer de ma fille que vous. Il est vrai que je suis son père, mais sans vous... Et puis, je suis un père moderne et j'estime que ces choses-là se décident entre les intéressés.

— Je vous promets de faire tout ce qui est en mon pouvoir pour rendre Mildred heureuse, dit Jean avec ardeur.

Georges Monier prit à son tour la jeune fille dans ses bras.

— Vous serez ma fille bien-aimée, Mildred, dit-il ému.

Plus pratique que les trois autres, Mr. Warren s'inquiétait déjà de l'installation du jeune couple.

— Je vais vous faire une proposition, dit-il. Nos maisons, celle de votre père, Jean, et la mienne, sont toutes les deux trop vastes pour un homme seul. Vous devriez élire domicile dans l'une d'elles. Le choix vous appartient.

— Non, protesta Mildred. Je ne veux pas choisir entre mes deux pères. Chargeons-en plutôt le hasard et tirons au sort.

La proposition fut acceptée et le sort désigna l'hôtel Warren.

— Vous ne me le pardonnerez jamais, Georges, dit Mr. Warren.

— Bien sûr que non, répondit Mr. Monaw en riant.

— Je vous fais remarquer cependant que ma maison se compose de deux corps de bâtiments et que je ne risque pas, par conséquent, de déranger nos enfants.

— A quoi j'ajouterai, dit Mr. Monaw, conciliant, que contrairement à vous, je suis depuis longtemps habitué à vivre seul et que, d'autre part, j'aurai Jean avec moi pendant toute la journée, à l'usine.

— Et Mildred très souvent le soir, chez vous, ajouta la jeune fille.

Il ne restait plus qu'à fixer la date du mariage. Mr. Warren proposa Pâques.

— C'est bien long, fit observer Jean, déçu.

— Jacob a attendu Rachel plus longtemps encore, rétorqua Mr. Warren en souriant. Et d'ailleurs vous pourrez voir Mildred tous les jours.

— Je regrette que mon ami Gilbert ne puisse pas assister à notre mariage, dit Jean.

— Tu n'as qu'à ajourner le mariage jusqu'à son arrivée, proposa Mr. Monaw, pince-sans-rire.

— Ah non ! s'écria Jean, c'est assez long comme cela !

Et Mildred se garda bien de le contredire.

CHAPITRE XIV

Dans le port où *La Mouette* les avait conduits, Gilbert et Marylou trouvèrent à la poste une lettre d'Amérique. Le jeune homme, de son côté, lança deux télégrammes, l'un à Jean, l'autre à tante Alice, leur faisant part du décès de ses parents.

Lorsque, aidés par le capitaine, ils se furent installés, avec leurs bagages, à bord d'un bateau faisant le trafic entre les îles de l'Océanie et les principaux ports de l'Extrême-Orient, Gilbert put enfin lire la missive de son ami :

« Mon cher Gilbert,

« C'est le plus heureux des hommes qui t'écrit aujourd'hui. Hier ont eu lieu mes fiançailles officielles avec Mildred Warren. En outre, depuis quelques jours, je fais partie de la direction des Etablissements Monaw. N'est-ce pas merveilleux tout cela ? Vraiment, la vie me comble.

« Mon invention a fait une grande sensation ici. Mon futur beau-père nous a versé une somme considérable pour le droit d'exploiter, en même temps que nous, mon procédé de fabrication de couleurs. J'en suis d'autant plus heureux que je peux regarder maintenant Mr. Warren droit dans les yeux : j'ai acquis d'autres mérites que celui d'être le fils de Mr. Monaw.

« Notre mariage aura lieu à Pâques, et je ne regrette qu'une chose, c'est que tu ne puisses y assister. Mon bonheur ne sera complet, mon cher Gilbert, que lorsque tu nous auras rejoints. Je suis sûr que ta sœur et Mildred deviendront de bonnes amies. Quand comptez-vous quitter l'île ?

« Nous nous proposons, Mildred et moi, d'aller en Floride pour notre voyage de noces. Aussitôt après mon retour, je me mettrai à l'œuvre pour faire connaître au monde mon invention. D'ici là, il faut que nos usines soient dotées de certaines installations nouvelles.

« Je te prie de ne pas tarder à m'écrire et, avec mes meilleurs compliments pour les tiens, de croire à ma fidèle amitié.

« JEAN MONIER. »

Gilbert montra la lettre à Marylou, toujours triste et abattue. Il espérait que le long voyage, grâce aux impressions nouvelles qu'il apporterait, produirait, en créant une diversion, un effet salutaire sur la jeune fille.

Déjà la vue du bateau, bien plus imposant que *La Mouette*, l'avait surprise agréablement. Mais à Hong Kong, où ils s'embarquèrent sur un paquebot de luxe, Marylou, oubliant sa mélancolie, contempla avec des yeux agrandis d'étonnement tout ce qu'elle ne connaissait que par les récits de Gilbert.

Bien que l'adoption de Marylou n'eût fait l'objet d'aucun acte officiel, Gilbert avait obtenu des autorités un papier qui lui accordait provisoirement le nom de Dornoy. Ainsi tout le monde, à bord, considérait la jeune fille, dont la beauté n'avait pas tardé à être remarquée, comme la sœur cadette du jeune homme grand et blond qui ne la quittait pas un instant. Plus d'un passager eût souhaité voir celui-ci s'intéresser à l'une de ces jeunes passagères qui lui lançaient des œillades à table, afin de pouvoir de son côté, flirter avec sa jeune sœur à la mine effarouchée, mais les uns et les autres en furent pour leurs frais. Le frère et la sœur restaient inséparables.

— Sais-tu, Marylou, dit un jour Gilbert, alors que tous deux, appuyés au bastingage, regardaient dans la direction de l'Ile, sais-tu que malgré toute ma douleur, je me dis parfois qu'il vaut mieux pour nos parents d'être restés là-bas ? Ils n'auraient pas été heureux ailleurs que dans leur Ile.

Des larmes brillèrent dans les yeux de Marylou.

— Il faut bien nous consoler, Gilbert, quoique je ne puisse imaginer ma vie sans eux. Ils me manqueront toujours.

— Je reste avec toi, Marylou. Et il y a aussi tante Alice. C'est une femme admirable, elle te comprendra. En Amérique enfin, nous aurons de vrais amis.

— Oui, mais surtout promets-moi de ne jamais me quitter, Gilbert.

Avec ferveur, il saisit les deux mains de la jeune fille.

— Jamais, ma chérie, jamais, dit-il.

Elle poussa un soupir de soulagement.

— Sais-tu, Gilbert, depuis que nous sommes sur ce bateau, j'ai une sensation étrange. Il me semble que j'ai déjà vécu tout cela. Ce pont plein de monde... Cette animation. Et hier j'ai vu dans mon rêve ma première maman. Elle m'a prise par la main en disant : « Viens, Marylou, je te conduis à ton père. »

— Cela s'explique facilement, dit Gilbert pensif. Tu as bien fait, dans ton enfance, un voyage à bord d'un paquebot, avec ta mère, et peut-être même avec ton père. La vue de ce bateau a fait surgir en toi ce souvenir inconscient.

— C'est curieux ! Pourtant je ne me rappelle pas du tout le naufrage.

— Cela vaut mieux ainsi, ma chérie. Pourquoi revivre ces événements atroces ? Tout cela est bien fini, et rien ne pourra te rendre ceux qui ont péri. Sans doute n'as-tu plus personne au monde.

— Plus personne, Gilbert ? Et toi ? Tu es bien à moi, n'est-ce pas ?

Elle voulut se jeter à son cou, mais elle s'arrêta en rougissant sous l'effet d'un souvenir brûlant.

— Marylou, à quoi penses-tu ? demanda Gilbert d'une voix légèrement tremblante.

— Oh, à rien, dit-elle évasivement, en détournant la tête.

— Voyons, on ne peut pas penser à « rien ».

— Je voulais dire : à rien de particulier.

Mais Gilbert savait avec certitude que Marylou avait pensé au baiser qu'ils avaient échangé dans le port, le jour de son arrivée. Et il comprit que c'était la peur du sentiment nouveau qui naissait en elle qui l'avait fait reculer, alors que spontanément elle avait cherché son étreinte.

Il se mit à parler d'autres choses, de Jean et de Mildred, de son avenir en Amérique et aussi de tante Alice.

Alice Ponsard, qui avait reçu le télégramme de son neveu, avait eu le temps de surmonter sa tristesse et, c'est avec un visage serein qu'elle vint accueillir Gilbert et Marylou à l'arrivée du train, à Paris.

Elle prit tout de suite la jeune fille dans ses bras avec une tendresse maternelle, et son autorité affectueuse eut bien vite raison de la timidité de Marylou.

Paris impressionna profondément la jeune fille qui avait grandi au milieu du site sauvage et paisible de la petite île perdue.

— Que de voitures ! Que de gens ! Et que de bruit ! répétait-elle, ahurie. Cela me donne des vertiges.

— Que diras-tu alors à New York, lui répondait Gilbert en souriant. Il y règne une animation bien plus grande. Le séjour à Paris te permettra heureusement de t'habituer peu à peu à la vie des grandes cités.

Bientôt, une lettre d'Amérique vint leur apporter des nouvelles impatiemment attendues par Gilbert. Après l'avoir assuré de la part qu'il prenait à son deuil, Jean lui parlait de son mariage, de son voyage de noces et de ses travaux.

> « Nous vous attendons tous ici, toi, Gilbert, ta sœur, et je me permets aussi de rappeler à Mme Ponsard sa promesse de traverser « la grande mare » pour venir passer quelque temps avec nous. Mon père a procédé à des sondages dans les milieux d'affaires et il a quelque chose de concret à te proposer. Un

architecte de ses amis cherche un associé. Il possède des relations, la connaissance parfaite du marché, mais il ne dispose pas d'un capital suffisant et il se méfie des financiers professionnels. Bref, c'est exactement l'homme qu'il te faut. Viens vite, tu pourras examiner cela par toi-même. »

Mildred avait ajouté quelques lignes amicales à Gilbert, et un mot à l'adresse de Marylou.

— Eh bien! tante Alice, dit Gilbert en lui montrant la lettre. Qu'en penses-tu ?

— Que veux-tu que je te dise ? Je crains fort que je ne sois obligée de continuer à européaniser Marylou hors d'Europe. Après tout, j'ai besoin moi aussi de changer un peu d'air.

Sa décision fut accueillie avec enthousiasme non seulement par Gilbert mais aussi par Marylou qui, dès les premiers jours, s'était attachée à sa tante adoptive.

Gilbert avait vendu une partie de ses gemmes à Paris, mais il jugeait plus prudent de ne pas se défaire de la totalité de sa précieuse marchandise dans la même ville. Aussi, un soir, annonça-t-il à tante Alice et à Marylou qu'il se voyait obligé de s'absenter pour quelques jours.

— Tu pars, Gilbert ? dit Marylou en blêmissant.

— Oh, je n'irai pas bien loin, à Amsterdam. Il s'agit d'un voyage d'affaires. Tu profiteras de ce temps pour faire avec tante Alice les achats nécessaires.

En effet, la garde-robe de Marylou, amplement suffisante pour l'Ile, présentait de graves lacunes dans une grande ville. Et Alice dut non seulement guider la jeune fille dans son choix, mais encore lui apprendre à porter des toilettes dont elle n'avait pas l'habitude. Elle la mena chez sa couturière, et les efforts conjugués des deux femmes transformèrent l'enfant de l'Ile Enchantée en une Parisienne fort élégante. La distinction innée de Marylou avait d'ailleurs grandement facilité leur tâche. Peu à peu, Marylou s'habitua aussi au rythme de Paris et au bout de quelques semaines, rien, du moins en apparence, ne la distinguait des filles jeunes et jolies qui y étaient nées.

Gilbert trouva sans peine des acheteurs pour ses corindons. Il répartit son trésor entre trois joailliers hollandais qui, de leur côté, versèrent à son compte en banque des sommes importantes. Il tint cependant à garder les plus belles pièces de sa collection, sur la destination desquelles il était depuis longtemps fixé.

Suivant le désir de Pierre Dornoy, Gilbert offrit au gouvernement de l'Ile de lui remettre le plan détaillé d'un gisement découvert par son père dans l'Ile. Mais il posa une condition : trente pour cent des bénéfices que cette mine permettrait de réaliser seraient versés à des œuvres de bienfaisance. Le gouvernement accepta sa proposition sans réserve.

Un soir, sans s'être annoncé par télégramme, Gilbert vint surprendre tante Alice et Marylou à l'heure du dîner. La jeune fille se précipita vers lui, avec un cri de joie, les bras ouverts, puis, elle s'arrêta net. Une pensée avait brisé son élan. Et tous deux demeurèrent un instant immobiles, profondément troublés. Ils songeaient à leur rencontre dans le port, à leur premier baiser qui ne fut pas un baiser fraternel.

Cette brève scène confirma tante Alice dans ses

soupçons. Elle était fixée maintenant sur la nature du sentiment que son neveu nourrissait pour sa « petite sœur » et elle devina aussi ce qui se passait dans l'âme de celle-ci.

Ce soir-là, Gilbert révéla à sa tante et à Marylou le but de son voyage aux Pays-Bas. Elles avaient ignoré toutes les deux l'existence de la mine de gemmes que Pierre Dornoy avait tenue en grand secret.

— Mon cher Gilbert, dit tante Alice, tu viens de me délivrer d'un cauchemar. Je savais que tu n'étais pas dans la gêne, mais, franchement, j'avais peur de te présenter les notes de couturière de Marylou. Nous avons dépensé une fortune.

— Tant mieux, dit Gilbert. Il faut que Marylou ait des toilettes impeccables. Mildred est une personne très élégante et je ne veux pas que Marylou soit moins élégante qu'elle. Papa a désiré que je partage avec Marylou la fortune qu'il nous léguait. Elle est donc riche et indépendante.

Riche ? Indépendante ? Ces mots ne signifiaient rien pour Marylou. Non seulement ils ne lui procurèrent aucune joie, mais ils lui inspirèrent même une vague crainte.

— Gilbert, tu ne veux pas dire que je n'ai plus besoin de toi ? Tu ne veux pas me quitter de nouveau ?

Elle faillit éclater en larmes et il fallut toute la gentillesse d'Alice Ponsard pour calmer ses appréhensions. Quant à Gilbert, il était trop ému pour essayer de la réconforter. Pendant combien de temps encore lui faudrait-il imposer silence à son cœur ?

Vers la mi-juin, Alice Ponsard, Gilbert et Marylou quittèrent Paris. Trois cabines étaient réservées pour eux sur un magnifique paquebot transatlantique. La présence entre eux de leur tante était un bienfait pour Gilbert et Marylou. Leur ancienne intimité avait, en effet, disparu, faisant place à une gêne croissante. Marylou se sentait irrésistiblement attirée vers Gilbert ; mais la pudeur, la crainte lui interdisant de rechercher sa tendresse, elle l'évitait et se réfugiait auprès de tante Alice. Gilbert, de son côté, était en proie à de terribles tourments, obligé de faire violence au sentiment passionné que sa réserve ne faisait qu'exacerber. Il espérait que la clarté ne tarderait pas à se faire dans l'esprit de Marylou, et il préférait persévérer dans son attente plutôt que de blesser son cœur pur et sensible.

C'est dans ces dispositions qu'ils débarquèrent sur le Nouveau Continent.

CHAPITRE XV

— Où est Marylou ? demanda Gilbert à tante Alice qui, en robe du soir, entrait dans le salon de l'hôtel Monaw.

Arrivés depuis deux heures, ils avaient été amenés ici par Jean et Mildred qui étaient venus les attendre à leur descente de bateau. Mr. Monaw, retenu par une affaire urgente, s'était fait excuser.

— Marylou est dans sa chambre avec Mildred qui a tenu à l'aider à s'habiller, répondit Alice. Elles sont déjà les meilleures amies du monde et elles ont mille choses à se dire.

A ce moment, Mr. Monaw entra dans le salon. Il se dirigea vers Alice Ponsard, et en lui baisant la main, lui souhaita la bienvenue. Puis il alla échanger une cordiale poignée de main avec Gilbert.

— Je ne vois pas votre sœur, monsieur Dornoy, dit-il en jetant un regard circulaire. Le voyage l'a sans doute fatiguée et elle désire se reposer ?

— Oh non. Marylou est fraîche et dispose, mais elle bavarde encore dans sa chambre avec Mildred.

Au nom de Marylou, Mr. Monaw tressaillit. Il se passa la main sur le front comme pour chasser une pensée importune.

— Qu'avez-vous, monsieur, vous sentez-vous souffrant ? demanda Gilbert, frappé par sa soudaine pâleur.

Jean vint se pencher sur son père avec inquiétude.

— Je vous prie de m'excuser, dit Mr. Monaw, ce n'est rien... Votre soeur s'appelle Marylou et ce nom évoque en moi un douloureux souvenir. Ma fille, que j'ai perdue depuis de longues années, portait ce prénom... Marie-Louise.

— C'est probablement aussi celui de ma sœur. Mais elle ne connaissait que son petit nom de Marylou lorsque nous l'avons trouvée.

— Trouvée ?

— Oui, ne vous ai-je pas dit que Marylou n'était que ma sœur adoptive ?

Sur ces entrefaites, Marylou et Mildred, la main dans la main, entrèrent dans le salon.

A peine Georges Monaw avait-il aperçu la jeune fille qu'il bondit de son siège et s'élança vers elle, les bras ouverts.

— Mon Dieu ! gémit-il, en chancelant et en cherchant un siège pour s'appuyer.

Jean vint le soutenir, l'air soucieux.

— Qu'avez-vous, mon père ?

Celui-ci, en proie à une violente émotion, désigna Marylou.

— Qui est-ce ?

— C'est Marylou Dornoy, la sœur adoptive de Gilbert. Vous paraissez souffrant, père ?

Georges Monaw se laissa tomber dans un fauteuil, pâle comme un mort, sans détacher son regard de la jeune fille qui, interdite, n'osait faire un geste.

— Je vous demande bien pardon, dit-il enfin. Vous comprendrez mon émoi quand je vous dirai que mademoiselle Dornoy ne porte pas seulement le nom de ma fille mais qu'elle ressemble aussi étrangement à ma femme défunte. J'ai été victime d'une illusion...

Gilbert tressaillit. Une pensée lui traversa l'esprit. Et s'approchant de Mr. Monaw :

— Pouvez-vous me dirc dans quelles circonstances vous avez perdu votre femme et votre enfant? Excusez-moi de vous poser cette question, mais je n'agis pas par simple curiosité.

Le regard fixé sur Marylou, Georges Monaw répondit :

— Elles ont péri en mer alors qu'elles se rendaient en Australie. Il m'était impossible de les accompagner et je ne devais plus les revoir.

— Où le naufrage a-t-il eu lieu ?

— Au sud-ouest des Iles Hawaï, non loin de l'archipel Marshall... Il y a quinze ans de cela.

Gilbert regarda alors Marylou d'un air étrange. Il s'approcha d'elle, la prit par la main et la conduisit devant Georges Monaw.

— Marylou, montre à Mr. Monaw le médaillon trouvé sur ta mère.

Toute tremblante, la jeune fille ouvrit le fermoir de la chaînette d'or qu'elle portait au cou, sortit le médaillon de l'échancrure de sa robe et le tendit au père de Jean.

Avec une exclamation sourde, Mr. Monaw saisit le médaillon. Il semblait bouleversé. Puis, lentement, il leva la main, la porta à la chevelure de la jeune fille et écarta une boucle sur sa tempe. Une marque brune apparut...

— Mon enfant... Miséricorde divine... mon enfant vit... j'ai trouvé mon enfant... murmura-t-il au comble de l'émotion.

Et saisissant les deux mains de Marylou, il l'attira à lui. Celle-ci, effrayée, lança un regard suppliant à Gilbert, qui vint se placer à ses côtés.

— Marylou, dit-il d'un ton grave. Un miracle s'est accompli. Mr. Monaw est ton père... aucun doute n'est plus possible.

Georges Monaw serra la jeune fille dans ses bras.

— Non, aucun doute n'est possible, tu es ma petite Marylou, je le vois, je le sens. Tu es le portrait même de ta mère. Ce médaillon, c'est moi qui le lui ai offert.

Il l'ouvrit et, chose que personne n'avait faite dans l'Ile Enchantée, il en retira la photographie effacée. Au fond du médaillon une inscription était gravée : « Pour Louise — Georges ». Il la montra à Marylou, dont le regard se porta sur le médaillon, puis sur ce père inconnu, enfin il s'arrêta sur Gilbert, avec une expression d'angoisse.

Sans un mot, Gilbert recula. Une lutte farouche se livrait en lui. Cependant, Georges Monaw entraîna Marylou sur un petit canapé et les autres vinrent se grouper autour d'eux. Seul, Gilbert demeurait à l'écart, en proie à une foule de sentiments qui se heurtaient dans son âme.

Georges Monaw se tourna à nouveau vers lui :

— Puis-je vous demander, monsieur Dornoy, de me raconter comment tout cela s'est passé ? Comment l'avez-vous trouvée ?

Sans s'approcher, d'une voix qu'il s'efforçait de rendre calme, Gilbert relata les circonstances dans lesquelles l'enfant avait été découverte sur un radeau de fortune auprès de sa mère morte. Il narra sa longue maladie après que la jeune femme eut été ensevelie sous les palmiers, ainsi que les tentatives infructueuses faites par Pierre Dornoy pour retrouver la famille de la petite naufragée.

Le récit terminé, Georges Monaw poussa un profond soupir de soulagement.

— Grâces soient rendues au Ciel d'avoir permis que ma pauvre Louise ait une sépulture chrétienne.

Puis, se tournant vers Gilbert :

— C'est dans des journaux français que votre père a fait paraître les annonces pour retrouver les parents de la petite. Je ne lisais pas, hélas, les journaux de mon pays, bien que nous ayons toujours parlé français à la maison... Dieu est plein de miséricorde de m'avoir rendu mon enfant.

— Viens, mon fils, embrasse ta sœur. Je sais que tu l'aimeras.

Après un affectueux baiser donné à Marylou, Jean dit à son ami :

— Vois-tu, Gilbert, ta sœur est aussi ma sœur.

Marylou se retourna et elle vit le visage pâle et tourmenté de Gilbert. Elle courut se blottir contre sa poitrine, toute frémissante.

— Je ne suis qu'à toi, Gilbert, et à toi seul, chuchota-t-elle.

Il la serra contre son cœur et par-dessus sa tête fit signe à Jean et à son père. Déjà il s'était maîtrisé.

— Merci, Marylou, lui dit-il à l'oreille.

Et se tournant vers les autres :

— Je vous prie d'excuser Marylou, l'émotion a été trop forte pour elle. Permettez-moi de me retirer avec elle pour quelques instants, cela l'aidera à se calmer.

Georges Monaw fit un signe d'assentiment et Gilbert emmena la jeune fille dans la pièce voisine. Alice Ponsard fit diversion en contant par le menu l'histoire de Marylou, telle que son frère la lui avait relatée jadis dans ses lettres.

Pendant ce temps, assis près de Marylou, Gilbert lui caressait doucement les cheveux.

— Marylou, regarde-moi !

Sans lâcher le bras qu'elle étreignait convulsivement, Marylou leva sur Gilbert son visage défait.

— Je ne suis qu'à toi... ne permets pas qu'on nous sépare..., répétait-elle.

— Calme-toi, chérie.

— Ne m'abandonne pas, Gilbert. Je ne suis qu'à toi puisque c'est toi qui m'as trouvée en mer... Sans toi, je serais morte.

— Je ne t'abandonnerai pas, Marylou... Je craignais déjà que tu ne me quittes, toi... maintenant que tu as un père et un frère. Mais j'ai compris à l'instant que nous sommes l'un à l'autre, et pour toujours. Je t'aime, Marylou, non pas comme un frère aime sa sœur, mais comme mon père aimait ma mère, comme Jean aime Mildred... Sois ma femme, Marylou.

Il l'attira à lui, et l'étreignit passionnément.

Et Marylou eut la sensation que les portes du paradis s'ouvraient toutes grandes devant elle. D'une voix émue, elle murmura :

— Je t'aime, Gilbert... moi aussi. Il me semble que je t'ai toujours aimé ainsi. Garde-moi dans tes bras, Gilbert... je ne suis qu'à toi.

Ils se tinrent enlacés durant de longues minutes, heureux au-delà de toute expression.

— Marylou adorée... nous ne devons pas faire attendre plus longtemps ton père, dit enfin Gilbert en se ressaisissant le premier. Pense combien il a souffert quand il te croyait perdue.

Dans les yeux brillants de la jeune fille, un sourire apparut.

— Je sens que maintenant je pourrai l'aimer, et mon frère Jean aussi. Il m'a tout de suite été si sympathique, si proche. Seulement, tout à l'heure, j'ai eu peur d'eux ; et j'ai craint un instant qu'ils ne me séparent de toi.

Il l'embrassa à nouveau, transporté d'une tendresse infinie.

— Personne au monde ne pourra désormais nous séparer, dit-il. Et je n'hésiterai plus à céder un peu de ton affection à ton père et à ton frère. Tout à l'heure, j'avoue que le démon de la jalousie s'était emparé de moi. Mais j'ai compris que tu peux les aimer sans rien m'enlever de ta tendresse.

Il la reconduisit auprès de Georges Monaw. D'un geste spontané, la jeune fille se jeta dans les bras de son père.

— Mon pauvre papa, combien vous avez dû souffrir, dit-elle affectueusement. Excusez-moi de n'avoir pu me dominer tout à l'heure... j'avais peur d'être séparée de Gilbert.

Georges Monaw lança un regard au jeune homme. Celui-ci se tenait en face de lui, radieux, mais muet.

— Comment pourrais-je vous séparer, dit Mr. Monaw. Vous avez sauvé mon enfant, monsieur Dornoy. Grâce à vous aussi, elle a trouvé une famille qui l'a entourée d'affection. Maintenant, vous me rendez ma fille bien-aimée que j'ai tant pleurée.

Vivement ému et plein de gratitude, il serra longuement la main de Gilbert. Celui-ci leva sur lui un regard grave.

— Monsieur Monaw, je vous ai rendu votre fille, c'est vrai, mais je serai obligé de vous la reprendre.

Nous nous aimons, Marylou et moi, et non plus comme un frère et une sœur. Vous avez été témoin de son émoi lorsque la crainte de se voir séparée de moi l'a saisie. Maintenant, le calme est revenu dans son cœur, car elle sait que nous nous appartenons pour toujours. Je vous prie de m'accorder la main de Marylou, monsieur Monaw. Nos parents nous ont donné leur bénédiction, veuillez nous donner la vôtre. Marylou porte en elle un trésor d'affection. La disparition de ses parents adoptifs a laissé dans son cœur une place vide qui vous attend maintenant. Celle que je quitte en grand frère sera pour Jean. Mais je sais qu'il en reste assez pour moi, n'est-ce pas, Marylou ?

— J'aimerai Gilbert aussi longtemps que je vivrai, dit Marylou simplement.

— Marylou est à vous, Gilbert, dit Georges Monaw, et vous serez désormais mon fils. Ainsi, je ne perds rien et je gagne tout, ajouta-t-il heureux.

Gilbert, tout en gardant Marylou dans ses bras, se tourna vers Jean.

— Nous avons été des amis jusqu'ici, maintenant nous serons des frères.

Ils se serrèrent la main, et Marylou les regarda en riant.

— Jean, mon frère chéri.

— Marylou, ma petite sœur.

Tante Alice et Mildred, qui avaient assisté muettes à cette scène, s'avancèrent pour exprimer au jeune couple leurs vœux de bonheur. Tout le monde était ému jusqu'aux larmes.

— Je crois bien qu'il ne me reste plus qu'à prendre le bateau et à retourner chez moi, dit Alice Ponsard.

Maintenant que Marylou a un père, un frère et un fiancé, elle n'a vraiment que faire d'un chaperon.

— Je regrette, dit Mr. Monaw en souriant, mais je ne suis pas d'accord. Je vous tiens, je vous garde.

— Vous ne voudriez pas nous quitter avant notre mariage, tante Alice, dit Gilbert avec reproche.

Alice n'avait d'ailleurs aucune envie de partir. Elle se sentait trop bien dans ce cercle étroit où les liens du sang se mêlaient aux liens d'amitié.

— Quelle chose merveilleuse que le hasard, dit Jean. Si je n'avais pas rencontré Gilbert à Paris, je n'aurais pas de sœur et mon père n'aurait pas retrouvé sa fille qu'il croyait perdue.

— Le hasard a sûrement joué un grand rôle, dit Mildred, mais tu oublies, Jean, que j'ai moi-même quelque mérite dans cette affaire. Si je n'étais pas tombée dans l'eau, nous ne nous serions pas connus. Et si je n'avais pas parlé de toi à ton père, aucun de tous ces miracles ne se serait produit.

Jean l'embrassa en riant.

— Très juste, ma chérie, mais alors n'oublions pas non plus le chauffeur qui a eu l'heureuse inspiration de jeter dans le fleuve la voiture où tu te trouvais.

— Pour l'en remercier, intervint Georges Monaw, je lui enverrai dès demain matin un petit chèque. Et dès demain aussi, je prendrai mes dispositions pour qu'on ajoute une aile à ma maison. Suivant l'exemple de mon ami Warren, je ne voudrais pas déranger mes enfants qui partageront ma demeure. Vois-tu, Mildred, j'ai eu ma revanche pour ce malheureux coup du sort qui a favorisé ton père.

— Par contre, nous vous enlevons Gilbert jusqu'à son mariage, répondit Mildred en riant.

Marylou et Gilbert parurent inquiets.

— Allons, ne faites pas cette tête-là, Gilbert, dit Mildred. Il n'est pas convenable qu'un jeune homme habite sous le même toit que sa fiancée. Nous avons été séparés assez longtemps, Jean et moi, et vous n'y couperez pas non plus.

— C'est juste, dit Georges Monaw, mais de mon côté, j'ai aussi une condition à poser. Gilbert prendra ses repas avec nous et nous ne vous l'abandonnerons que pour le petit déjeuner. Tu es bien d'accord, Marylou ?

La jeune fille embrassa son père et dit :

— Merci, papa, d'avoir eu cette idée. Je ne voudrais pas me séparer tout à fait de Gilbert.

Après le dîner pris en commun dans une atmosphère d'allégresse, Gilbert attira Marylou à part, tandis que tante Alice entretenait la conversation avec plus d'entrain, si possible, qu'à l'ordinaire.

— Marylou, je voudrais te poser une question, fit Gilbert. Quand as-tu compris que tu m'aimais... d'amour ?

Confuse, la jeune fille baissa les yeux.

— Oh, je sais depuis toujours que je t'aime... Mais, c'est dans le port... quand j'étais venue t'attendre sur *La Mouette* que... pour la première fois...

Après un long baiser, il lui répondit :

— Je le savais, Marylou, pour moi aussi ce fut une révélation. Et te rappelles-tu quand nous avons parlé pour la première fois de notre mariage ?

Elle fit oui de la tête.

— Quand tu m'as demandé de t'offrir la nappe à thé que je brodais. Comme tu m'avais fait peur d'abord ! Je croyais que tu voulais épouser une autre femme.

— Je savais déjà parfaitement que je n'épouserais que toi, mais je voulais te mettre à l'épreuve.

Ils se confièrent bien d'autres secrets encore, prononcèrent des mots qu'ils avaient longtemps tus, soit par pudeur, soit par timidité.

— Mais c'est quand mon père m'a prise dans ses bras et quand Jean m'a embrassée que j'ai compris clairement ce que tu étais pour moi, Gilbert. J'ai compris que mon attachement ne ressemblait en rien à cette nouvelle affection que leur tendresse venait de faire naître en moi.

Grisés de bonheur, toujours évoquant des souvenirs et échangeant des baisers, ils oublièrent la réalité. Ce fut Mildred qui, venue au bras de Jean pour prendre congé d'eux, la leur rappela en les taquinant sur leur air déconfit d'enfants pris en faute.

***

Trois mois plus tard, l'hôtel Monaw, agrandi d'une aile, fut prêt à recevoir le jeune couple dont le mariage était proche. Pendant ce temps, Gilbert, en collaboration avec le technicien américain recommandé par Mr. Monaw, avait jeté les bases d'une nouvelle entreprise de construction. Un vaste champ d'activité s'ouvrait devant lui.

Il passait tous ses loisirs auprès de Marylou qui, entourée de l'affection d'un père et d'un frère qui l'adoraient et de la tendresse toute maternelle de tante Alice, avait retrouvé son humeur enjouée et primesautière. Elle s'était vite adaptée à la vie newyorkaise et rien ne trahissait en elle une enfant grandie à l'écart du monde civilisé.

Le mariage de Marylou et de Gilbert fit revivre

une dernière fois la tradition des grandioses fêtes annuelles données en l'hôtel Monaw. Avec cette différence toutefois que la féerie se prolongea jusqu'à l'aube et que ce n'est plus avec un sourire forcé, mais rayonnant de bonheur, que l'amphitryon traitait ses invités.

Gilbert offrit à Marylou une somptueuse parure faite des plus belles gemmes de l'Ile, choisies depuis longtemps dans cette intention. Il fit exécuter en outre deux broches serties chacune d'un gros corindon, l'une pour Mildred, l'autre pour tante Alice.

Après le repas nuptial, les jeunes mariés quittèrent l'hôtel illuminé. Une voiture, qui les attendait à l'entrée du parc, les emmena. Ils voyagèrent pendant quelques semaines, mais furent heureux enfin de retrouver leur maison qui, grâce au concours d'Alice, était quelque chose de plus qu'un luxueux appartement américain : un intérieur confortable où tout portait la marque d'un goût sûr et où l'opulence faisait bon ménage avec l'art le plus authentique.

Le soir de leur retour, seuls sur la terrasse où les lumières et les bruits de la ville ne leur parvenaient que filtrés par les épaisses frondaisons du parc, Gilbert enlaça Marylou et lui dit :

— Marylou, ma femme adorée, comment te remercier de l'immense bonheur que tu me donnes ?

Les yeux de nacre brillèrent dans la nuit.

— Me remercier, Gilbert ? Mais c'est un bonheur pour moi de pouvoir te rendre heureux !

— Oui, dit Gilbert pensif. Quelle chose étrange que le bonheur : on le décuple en le partageant !

FIN

DERNIERS
OUVRAGES PARUS
DANS LA COLLECTION
FLORALIES

427	Te reverrai-je Félicidad?	LORENA
428	Amoureux d'une ombre	H. SIMART
429	La Fin de Greham	L. DARTEY
430	Les Demoiselles du temps perdu	S. CLAUSSE
431	Un été en Romagne	C. GAYET
432	La Nuit du Val Sauvage	A. ANDRÉ
433	Caprice à quatre voix	SAINT-ANGE
434	Les Filles du soleil	L. ROBIN
435	Un hiver à Black Stone	G. BRIANT
436	Ma timide colombe	SAINT-AVIT
437	La Rencontre imprévue	CORIOLA
438	Au risque d'aimer	C. VIRMONNE
439	Cœurs éprouvés	COURTHS-MAHLER
440	Nuit romaine	ANNE-MARIEL
441	La Lettre aux sortilèges	D. NOËL
442	L'Homme qui m'a choisie	Cl. JAUNIÈRE
443	Michaël le détesté	M. ANDRAU
444	L'Ouragan	J. de SÉCARY
445	A l'ombre d'un cœur	M. du VEUZIT
446	Mon ennemi et moi	L.-M. LINARÈS
447	Toute la vérité	SAINT-BRAY
448	L'Aigle sur la Sierra	M.-L. ASSADA
449	Chacun sa chimère	N. PIERLAIN
450	Un jour tu sauras...	MAGALI
451	Le Message de Patmos	C.-A. BERT

452	Le Testament de M. d'Erquoy	DELLY
453	Après la nuit	L. DARTEY
454	Rose de lune	R. SAINT-HÉLIER
455	Florence, si tu savais...	ANN et GWEN
456	La Méprise	F. de St-QUENTIN
457	Les yeux qui se voilent	C. FAYET
458	La porte du Sud	S. MURAT
459	Derrière le masque	C. VIRMONNE
460	La Fille sans nom	P. St-LAMBERT
461	Tamara la Tcherkesse	SAINT-AVIT
462	Le carillon du temps perdu	M. ANDRAU
463	Le Piège	L. ROBIN
464	Feux de paille	SAINT-ANGE
465	Le jour où vous aimerez...	S. CLAUSSE
466	Le Prince d'un été	R. ROLEINE
467	Le Don d'Isobel	ANN et GWEN
468	Cher imposteur	N. PIERLAIN
469	Cet amour d'un soir	C. VIRMONNE
470	Lac aux brumes	MAGALI
471	La Fontaine scellée	R. ROLEINE
472	La nuit des Ronces Rouges	D. NOËL
473	Amour interdit	GIL CORTHIS
474	Les Pièges de la nuit	SAINT-BRAY
475	Le Cavalier de Sienne	M. ANDRAU
476	La Princesse des îles	COURTHS-MAHLER
477	L'Amour en fuite	CORIOLA
478	Viens dans mes rêves	M. CAMBARDS
479	Les Racines du cœur	C. MAY
480	Les Oiseaux du bonheur	L. DARTEY
481	L'Homme sans passé	C. VIRMONNE
482	Le Vent du soir	C. JAUNIÈRE

Achevé d'imprimer en mars 1979
sur les presses de l'Imprimerie Bussière
à Saint-Amand (Cher)

— N° d'édit. 495. — N° d'imp. 251. —
Dépôt légal : 1er trimestre 1979.

Printed in France

ISBN 2-235-00672-8

10F